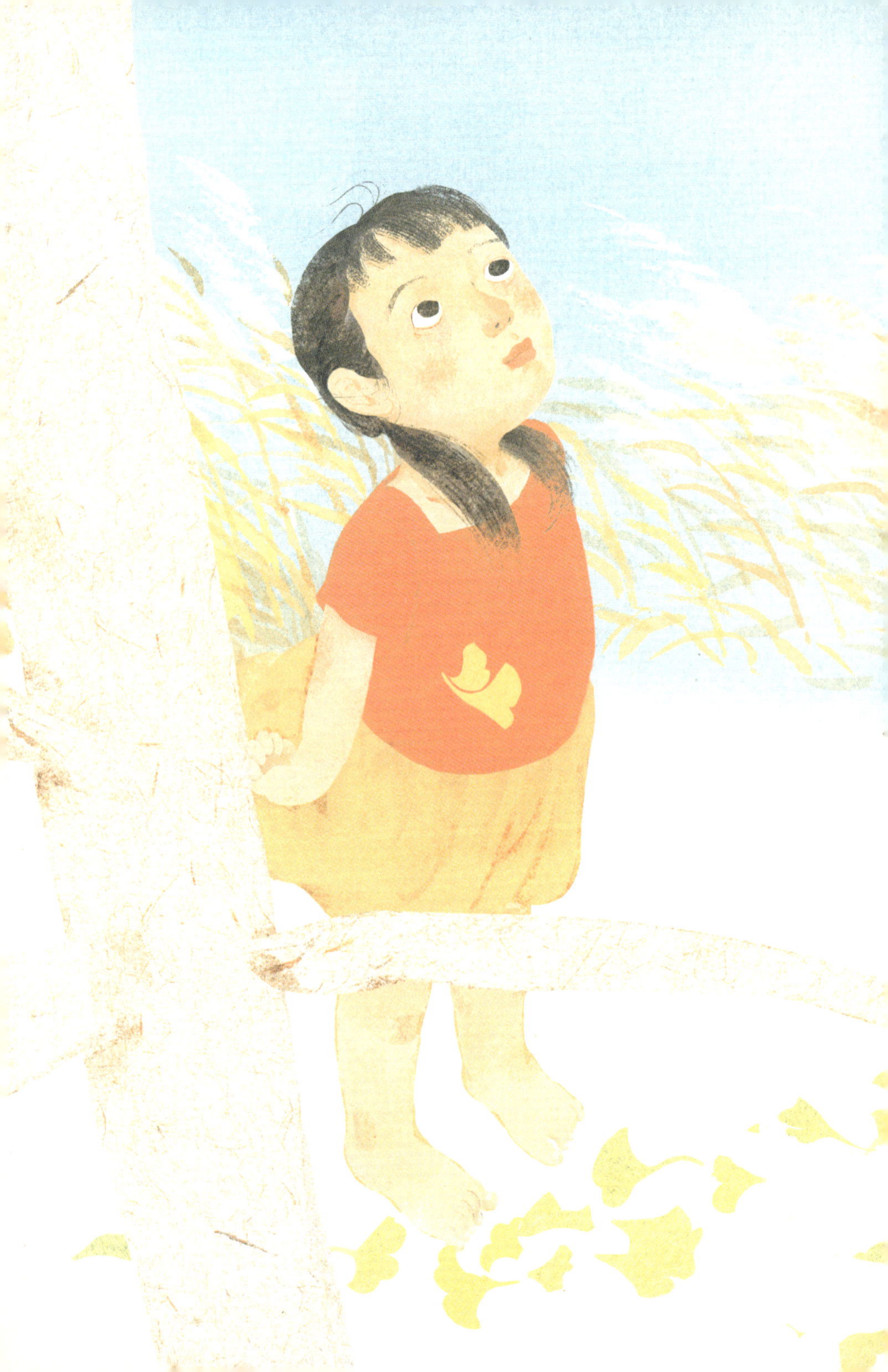

种子的力量

成长卷

茅盾文学奖得主
给孩子的励志成长书

梁晓声 著

梁晓声作品精选
——少年版——

浙江少年儿童出版社·杭州

图书在版编目(CIP)数据

种子的力量/梁晓声著. —杭州:浙江少年儿童出版社,2023.1(2023.11重印)
(梁晓声作品精选:少年版)
ISBN 978-7-5597-2796-1

Ⅰ.①种… Ⅱ.①梁… Ⅲ.①散文集－中国－当代 Ⅳ.①I267

中国版本图书馆 CIP 数据核字(2022)第 042050 号

梁晓声作品精选・少年版

种子的力量
ZHONGZI DE LILIANG

梁晓声/著

责任编辑	胡小芳　陈小霞
美术编辑	赵　琳
内文插图	简　晰
封面绘图	西　年
封面设计	潘　洋
责任校对	马艾琳
责任印制	王　振

浙江少年儿童出版社出版发行
地址:杭州市天目山路 40 号
浙江全能工艺美术印刷有限公司印刷
全国各地新华书店经销
开本 880mm×1230mm　1/32
印张 5.125　字数 85300　印数 58001－68000
2023 年 1 月第 1 版
2023 年 11 月第 4 次印刷
ISBN 978-7-5597-2796-1
定价:35.00 元
(如有印装质量问题,影响阅读,请与承印厂联系调换)
　承印厂联系电话:0571-89080268

第一辑 看自行车的女人

看自行车的女人	003
老妪	011
小垃圾女	014
我的发小	
——二小的故事	025
戴橘色套袖的人	032
王妈妈印象	041

第二辑 我与唐诗宋词

我获奖了	059
同学刘树起	068
"白先生"与"黑勇士"	079
我与唐诗宋词	099
捡煤渣	103

第三辑 种子的力量	我的班主任老师	115
	种子的力量	121
	读是一种幸福	130
	心灵的花园	135
	怀念赵大爷	142
	茶村印象	147

第一辑

看自行车的女人

看自行车的女人

想为那个看自行车的女人写下篇文字的念头,已萌生在我心里很久了。事实上我也一直觉得还会见到她,果真那样,我就不写她了,却再也没见到。北京太大,存自行车的地方太多,她也许又到别处做一个看自行车的女人去了。或者,又受到什么欺辱,憋屈无人可诉,便回家乡去了?总之我再没见到过她……

而我第一次见到她,是在北京一家牙科医院前边的人行道上:一个胖女人企图夺她装钱的书包,书包的带子已从她肩头滑落,搭垂在她手臂上。她双手将书包紧紧搂于胸前,以带着哭腔的声音叫嚷着:"你不能这样啊,你不能这样啊,我每天挣点儿钱多不容易啊!……"

那绿色的帆布的书包,看上去是新的。我想,她大约是为了她在北京找到的这一份看自行车的工作才买的。从前的年代，小学生们都背着那样的书包上学。现在，城市里的小学生早已不背那样的书包了，偶尔可见摆地摊的街头小贩还卖那样的书包，一种赖在大城市消费链上的便宜货。看自行车的女人四十余岁，身材瘦小，脸色灰黄。她穿着一套旧迷彩服，居然地，还戴着一顶也是迷彩的单帽，而足下是一双带扣绊儿的旧布鞋，没穿袜子，脚面晒得很黑。那一套迷彩服，连那一顶帽子，当然都非正规军装，地摊上也有卖的，拾元钱可以都买下来。总之，她那么一种穿戴，使她的模样看上去不伦不类，怪怪的。单帽的帽舌卡得太低，压住了她的双眉。帽舌下，那看自行车的女人的两只眼睛，呈现着莫大而又无助的惊恐。

我从围观者们的议论中听明白了两个女人纠缠不休的原因：那身高马大的胖女人存上自行车离开时，忘了拿放在自行车筐里的手拎袋，匆匆地从医院里跑回来找，却不见了，丢了。她认为看自行车的外地女人应该负责任，并且，怀疑是被看自行车的外地女人藏匿了起来。

"我包里有三百元钱，还有手机，你'丫挺'的敢说你没看见！难道我讹你不成吗？！……"

胖女人理直气壮。

看自行车的女人可怜巴巴地说："我确实就没看见嘛！我

看的是自行车，你丢了包儿也不能全怪我……你还兴许丢别处了呢……""你再这样说我抽你！"——胖女人一用力，终于将看自行车的女人那书包夺了去，紧接着将一只手伸入包里去掏，却只不过掏出了一把零钱。五六十辆一排自行车而已，一辆收费两毛钱，那书包里钱再怎么多，也多不过十几元啊。

哐的一声，一只小搪瓷碗抛在看自行车的女人脚旁，抢夺者骑上自己的自行车，带着装有十几元零钱的别人的书包，扬长而去。我想，那与其说是经济的补偿，毋宁说更是图一种心理平衡的行为。我居京二十余年，第一次听一个北京的中年妇女口中说出"丫挺"二字。我至今对那二字的意思也不甚了了，但一直觉得，无论男女，无论年龄，口中一出此二字，其形其状，顿近痞邪。

看自行车的女人，追了几步，回头看着一排自行车，情知不能去追，也情知是追不上的，慢慢走到原地，捡起自己的小搪瓷碗，瞧着发愣。忽然，头往身旁的大树上一抵，呜呜哭了。那单帽的帽舌，压折在她的额和树干之间……

我第二次见到她，是在北京的一家书店门外。那家书店前一天在晚报上登了消息，说第二天有一批处理价的书卖。我的手，和一个女人的黑黑瘦瘦的手，不期然地伸向了同一本书——《英汉对照词典》。我一抬头,认出了对方正是那个看自行车的女人,不由得将伸出的手缩了回来。我家小阿姨莲花嘱我替她捎买一本那样的书,不知那看自行车的女人替什么人买。看自行车的女人那天没再穿那套使她的样子不伦不类的迷彩服,也没戴迷彩单帽,而穿了一身洗得干干净净的蓝布衫裤。我的手刚一缩回,她赶紧地将那一本书拿起在手中,急问卖书人多少钱。人家说二十元,她又问十五元行不行?人家说一本新的要卖四十元呢!你买不买?不买干脆放下,别人还买呢!看自行车的女人就将一种特别无奈的目光望向了我,她的手却仍不放那词典。我默默转身走了。

　　我听到她在背后央求地说:"卖给我吧,卖给我吧,我真的就剩十五元钱了!你看,十五元六角,兜里再一分钱也没有了!我不骗你,你看,我还从你们这儿买了另外几本书哪!……"

　　又听卖书的人好像不情愿似的:"行行行,别啰唆了,十五元六拿去吧!"

　　……

　　后来,那女人又在一家商场门前看自行车了。一次,我去那家商场买蒸锅,没有大小合适的,带着的一百元钱也就没破开。取自行车时,我没想到看自行车的人会是她,歉意地说:"忘带存车的零钱了,一百元你能找得开吗?"我那么说时表情挺不自然,以为她会朝不好的方面猜度我。因为一个人从商场出来,居然说自己兜里连几角零钱都没有,不大可信的。她望着我愣了愣,似乎要回忆起在哪儿见过我,又似乎仅仅是由于我的话而发愣。也不知她是否回忆起了什么,总之她一笑,很不好意思地说:"那就不用给钱了,走吧走吧!"——她当时那笑,给我留下很深的印象。我们许多人,不是已被猜度惯了吗?偶尔有一次竟不被明明有理由猜度我们的人所猜度,于我们自己反倒是很稀奇之事了。每每地,竟至于感激起来。我当时的心情就是那样。应该不好意思的是我,她倒那么地不好意思。仅凭此点,以我的经验判断,在牙科医院前的人行道上发生的那件事中,这外地的看自行车的女人,她是毫无疑问地被欺负了……这世界上有多少事的真相,是在众目睽睽的情况之下被掩盖甚至被颠倒了啊!这么一想,我不禁替她不平……

我第二次去那家商场买到了我要买的那种大小的蒸锅,付存车费时我说:"上次欠你两毛钱,这次付给你。"我之所以如此主动,并非想要证明自己是一个多么多么诚信的人。我当时丝毫也没有这样的意识,倒是相反,认为她肯定记着我欠她两毛钱存车费的事。若由她提醒我,我会尴尬的。不料她又像上次那样愣了一愣。分明地，她既不记得我曾欠她两毛钱存车费的事了，也不记得我和她曾要买下同一本词典的事了。可也是，每天这地方有一二百人存自行车取自行车，她怎么会偏偏记得我呢？对于那个外地的看自行车的女人，这显然是一份比牙科医院门前收入多的工作。我看出她脸上有种心满意足的表情。那套迷彩服和那顶迷彩单帽，仿佛是她看自行车时的工作装，照例穿戴着。她依然赤脚穿着那双旧布鞋，依然用一只绿色的帆布小书包装存车费。

"不用啊不用啊"，她又不好意思起来，硬塞还给了我两毛钱。我觉得，她特别希望给在这里存自行车的人一种良好的印象。我将装蒸锅的纸箱夹在车后座上，忍不住问了她一句："你哪儿人？"

"河南。"她的脸，竟微微红了一下；我于是想到了那是为什么，便说："我家小阿姨也是河南人。"她默默地，有些不知说什么好地笑着。"来北京多久了？""还不到半年。""家乡的日子怎么样呢？""不容易过啊……再加上我儿子又上了大学……"她将大学两个字说出特别强调的意味，顿时一脸自豪。"唔？在一所什么大学？"她说出了一座我陌生的河南城市的名字。我知近年某些省份的地区级城市的师范类专科学院，也有改挂大学校牌的，就没再问什么。

我推自行车下人行道时，觉得后轮很轻。回头一看，见她的一只手替我提起着后轮呢。骑上自行车刚蹬了几下，纸箱掉了。那看自行车的女人跑了过来，从书包里掏出一截塑料绳……

北京下第一场雪后的一天晚上，北影一位退了休的老同志给我打电话，让我替他写一封表扬信寄给报社。他要表扬的，就是那个河南的看自行车的女人。他说他到那家商场去取照片，遇到熟人聊了一会儿，竟没骑自行车走回了家，拎兜也忘在自行车筐里了……

"拎兜里有几百元钱，钱倒不是我太在乎的。我一共洗了三百多张老照片啊！干了一辈子摄影，那些老照片可都是我的宝呀！吃完晚饭天黑了我才想起来，急急忙忙打的去存车那地方，你猜怎么着？就剩我那一辆自行车了！人家看自行车那女人，冷得受不了，站在商店门里，隔着门玻璃，还在看着我那辆旧自行车哪！而且，替我将我的拎兜保管在她的书包里。人心不可以没有了感动呀是不是？人对人也不可以不知感激是不是？……"

北影退了休的摄影师在电话里恳言切切。我满口应承照办照办。然而过后事一多，所诺之事竟彻底忘了。不久前我又去那家商场买东西，见看自行车的人已经换了，是一个外地的男人了。我问原先那个看自行车的女人呢？他说走了。我问为什么她走了呢？他说，还能为什么呢？那就是她不称职呗！我们外地人在北京挣这一份工作，那也是要凭竞争能力的！我心黯然，替那看自行车的女人，并且，也有几分替她那在一所默默无闻的大学里读书的儿子……我想问她到哪里去了？张张嘴，却什么也没有再问。我不知她从农村来到城市，除了看自行车，还能干什么。如果她仍在北京的别处，或别的城市里做一个看自行车的人，我祝福她永远也不会再碰到什么欺负她的人，比如那个抢夺了她书包的胖女人。

  阳光底下，农村人、城市人，应该是平等的。弱者有时对这平等反倒显得诚惶诚恐似的，不是他们不配，而是因为这起码的平等往往太少，太少……

老 妪

那个老妪是一个卖茶叶蛋的老妪,在十二月的一个冷天,在北京龙庆峡附近,儿子须作一篇"游记",我带他到那儿"体验生活"。

卖茶叶蛋的皆乡村女孩儿和年轻妇女。就那么一个老妪,跻身她们中间,并不起劲儿地招徕顾客,偶尔发出一声叫卖,嗓音是沙哑的,所以她的生意就冷清。茶叶蛋都是蛋煮的,老妪锅里的蛋未见得比别人锅里的小,我不太能明白男人们为什么连买茶叶蛋都要物色女主人。

老妪似乎自甘冷清,低着头,拨弄煮锅里的蛋。时时抬头,目光睃向眼前行人,仿佛也只不过因为不能总低着头。目光里绝无半点儿乞意。

我出于一时的不平,一时的体恤,一时的怜悯,向她买了几个茶叶蛋。活在好人边上的人,大抵内心会发生这种一时的小善良，并且总克制不了这种自我表现的冲动。表现了，自信自己仍立足在好人边上，便获得一种满足。

老妪应找我两毛钱。我则扯着儿子转身便走，佯装没有算清小账。

儿子边走边说："爸，她少找咱们两毛钱。"

我说："知道，但是咱们不要了。大冷的天，卖一个茶叶蛋挣不了几个钱，怪不易的……"

于是我向儿子讲，什么叫同情心，人为什么应有同情心，以及同情心是怎样一种美德……

两个多小时后，我和儿子从公园出来，被人叫住——竟是那个老妪。她袖着手，缩着瘦颈，身子冷得佝偻着。

"这个人，"她说，"你刚才买我的茶叶蛋，我还没找你钱，一转眼，你不见了……"

老妪一只手从袖筒里抽出，干枯的一只老手，递给我两毛钱，皱巴巴的两毛钱……

儿子仰着脸看我。

我不得不接了钱，我不知自己当时对她说了句什么……

而公园的守门人对我说："人家老太太，为了你这两毛钱，站我旁边等了那么半天！"我和儿子又经过卖茶叶蛋的摊位时，见一老叟，守着他那煮锅，如老妪一样，低着头，摆弄煮锅里的蛋。偶尔发出一声叫卖，嗓音同样是沙哑的。目光偶向眼前行人一睃，也不过是任意的一睃，绝无半点乞意。比别人，生意依旧冷清……

人心的尊贵，一旦近乎本能，我们也就只有为之肃然了。我觉得我的类同施舍的行径，于那老妪，实在是很猥琐的……

小垃圾女

第一次见到她，是元月下旬的一个日子，刮着五六级风。我家对面，元大都遗址上的高树矮树，皆低俯着它们光秃秃的树冠，表示对冬季之厉色的臣服。

偏偏十点左右，商场来电话，通知安装抽油烟机的师傅往我家出发了……

前一天我已将旧的抽油烟机卸下来丢弃在楼口外了。它为我家厨房服役十余年，油污得不成样子。我早就对它腻歪透了，一除去它，上下左右的油污彻底暴露，我得赶在安装师傅到来之前刮擦干净。洗涤灵去污粉之类难起作用，我想到了用湿抹布滚粘了沙子去污的办法。我在外边寻找到些沙子用小盆往回端时，见个十一二岁的女孩儿，站在铁栅栏旁。

我丢弃的那台脏兮兮的抽油烟机，已被她弄到那儿。并且，一半已从栅栏底下弄到栅栏外；另一半，被突出的部分卡住。

女孩儿正使劲踩踏着。她穿得很单薄，衣服裤子旧而且小。脚上是一双夏天穿的扣襻布鞋，破袜子露脚面。两条齐肩小辫，用不同颜色的头绳扎着。

她一看见我，立刻停止踩踏，双手攥一根栅栏，双脚蹬在栅栏的横条上，悠荡着身子，仿佛在那儿玩的样子。那儿少了一根铁栅，传达室的朱师傅用粗铁丝拦了几道。对于那女孩儿来说，钻进钻出仍很容易。分明，只要我使她感到害怕，她便会一下子钻出去逃之夭夭。而我为了不使她感到害怕，主动说："孩子，你是没法弄走它的呀！"——倘她由于害怕我仓皇钻出时刮破了衣服，甚或刮伤了哪儿，我内心里肯定会觉得不安的。

她却说："是一个叔叔给我的。"——又开始用她的一只小脚踩踏。

果真有什么"叔叔"给她的话，那么只能是我。我当然没有。

我说："是吗？"

她说："真的。"

我说："你可小心……"

我的话还没说完,她已弯下腰去,一手捂着脚踝了。

破裂了的塑料是很锋利的。

我说:"唉,扎着了吧?你倒是要这么脏兮兮的东西干什么呢?"

她说:"卖钱。"其声细小。说罢她抬头望我,泪汪汪的,显然疼的。接着她低头看自己捂过脚踝的小手,手掌心上染血了。

我端着半盆沙子,一时因我的明知故问和她小手上的血而呆在那儿。

她又说:"我是穷人的女儿。"——其声更细小了。

她的话使我那么地始料不及,我张张嘴,竟不知再说什么好。

而商场派来的师傅到了,我只有引领他们回家。他们安装时,我翻出一片创可贴,去给那女孩儿。却见她蹲在那儿哭,脏兮兮的抽油烟机不见了。

我问哪儿去了。

她说被两个蹬平板车收破烂儿的大男人抢去了,说他们中的一个跳过栅栏,一接一递,没费什么事儿就成他们的了……

我问能卖多少钱?

她说十元都不止呢,哭得更伤心了。

我替她用创可贴护上了脚踝的伤口,又问:"谁教你对人说你是穷人的女儿?"

她说:"没人教,我本来就是。"

我不相信没人教她,但也不再问什么。我将她带到家门口,给了她几件不久前清理的旧衣物。

她说:"穷人的女儿谢谢您了,叔叔。"

我又始料不及,觉得脸上发烧。我兜里有些零钱,本打算掏出全给她的,但一只手虽已插入兜里,却没往外掏。那女孩儿的眼,希冀地盯着我那只手和那衣兜。

我说:"不用谢,去吧。"

她单肩背起小布包下楼时,我又说:"过几天再来,我还有些书刊给你。"

听着她的脚步声消失在外边,我才抽出手,不知不觉中竟出了一手的汗。我当时真不明白我是怎么了……

事实上我早已察觉到了那女孩儿对我的生活空间的"入侵"。

那是一种诡秘的行径,但仅仅诡秘而已,绝不具有任何冒犯的意味,更不具有什么危险的性质。无非是些打算送给朱师傅去卖,暂且放在门外过道的旧物,每每再一出门就不翼而飞了。左邻右舍都曾说撞见过一个小小年纪的"女贼"在偷东西。

我想，便是那"穷人的女儿"无疑了……

四五天后的一个早晨我去散步，刚出楼口又一眼看见了她。仍在第一次见到她的地方，她仍然悠荡着身子在玩儿似的。她也同时看见了我，语调亲昵地叫了声叔叔。而我，若未见她，已将她这个"穷人的女儿"忘了。

我驻足问："你怎么又来了？"

她说："我在等您呀叔叔。"——语调中掺入了怯怯的、自感卑贱似的成分。

我说："等我？等我干什么？"

她说："您不是答应再给我些您家不要的东西吗？"

我这才想起对她的许诺，搪塞地说："挺多呢，你也拎不动啊！"

"喏"——她朝一旁翘了翘下巴，一个小车就在她脚旁。说那是"车"，很牵强，只不过是一块带轮子的车底板。显然也是别人家扔的，被她捡了。

我问她，脚踝好了吗？

她说还贴着创可贴呢，但已经不怎么疼了。之后，一双大眼瞪着我又强调地说："我都等了您几个早晨了。"

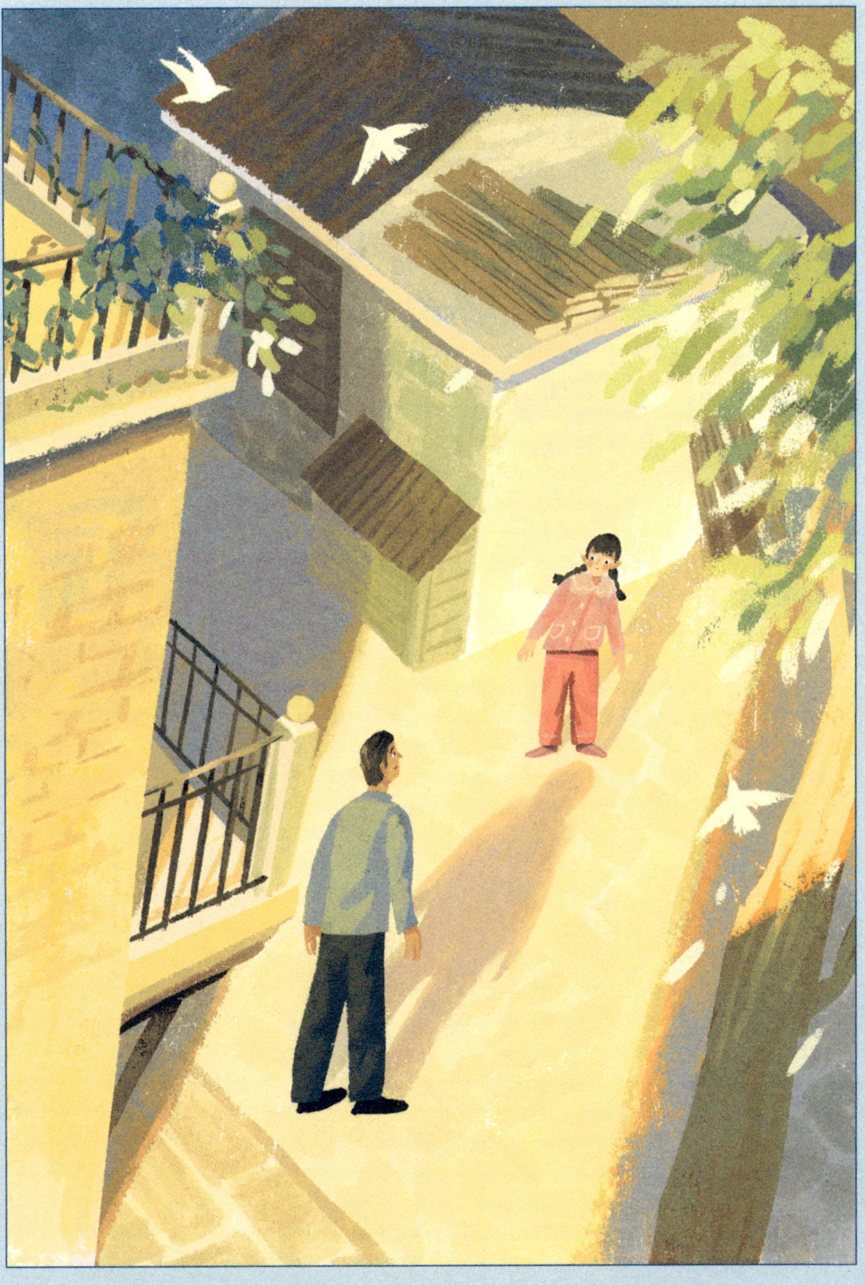

其实我挺希望初一一大早走出家门,一眼看见一个一身簇新,手儿脸儿洗得干干净净,两条齐肩小辫扎得精精神神的小姑娘快活地大声给我拜年:"叔叔马年吉祥,恭喜发财!"尽管我不相信那真能给我带来什么财运……

我说:"女孩儿,你得知道,我家要处理的东西,一向都是给传达室朱师傅的。已经给了几年了。"——我的言下之意是,不能由于你改变了啊!

她那双大眼睛微微一眯,凝视我片刻说:"他家里有个十八九岁的残疾女儿,你喜欢她是不是?"

我不禁笑着点了一下头。

"那,一次给他家,一次给我,行不?"——她专执一念地对我进行说服。

我又笑了。我说:"前几天刚给过你一次,再有不是该给他家了吗?"

她眨眨眼说:"那,你已经给他家几年了,也多轮我几次吧!"

我又想笑,却怎么也笑不起来了。心里一时很觉酸楚,替眼前花蕾之龄的女孩儿,也替她那张能说会道的小嘴儿。

我终不忍令她太过失望,第二次使她满足……

我第三次见到那女孩儿,日子已快临近春节了。

我开口便道:"这次可没什么东西打发你了。"

女孩儿说:"我不是来要东西的。"——她说从我给她的旧书刊中发现了一个信封,怕我找不到着急,所以接连两三天带在身上,要当面交我。

那信封封着口，无字。我撕开一看，是稿费单及税单而已。

她问："很重要吧？"

我故意说："是的，很重要，谢谢你。"

她笑了："咱俩之间还谢什么。"

她那窃喜的模样，如同受到了庄严的表彰。而我却看出了破绽——封口处，留下了两个小小的脏手印儿。夹在书刊里寄给我的单据，从来是不封信封口的。

好一个狡黠的"穷人的女儿"啊！

她对我动的小心眼令我心疼她。

"看——"她将一只脚伸过栅栏，我发现她脚上已穿着双新的棉鞋，摊儿上卖的那一种。并且，她一偏她的头，故意让我瞧见她的两只小辫已扎着红绫了。

我说："你今天真漂亮。"

她悠荡着身子说："我妈妈决定，今年春节我们不回老家了。"

"爸爸是干什么的？"

她略一愣，遂低下了头。

我正后悔自己不该问，她抬起头说："叔叔，初一早晨我会给您拜年。"

我说不必。

她说一定。

我说我也许会睡懒觉。

她说那她就等，说您不会初一整天不出家门的呀，说她连拜年的话都想好了：叔叔马年吉祥，恭喜发财！

"叔叔我一定来给您拜年！"

说完，她猛转身一蹦一跳地跑了。两条小辫上扎的红绫，像两只蝴蝶在她左右肩翻飞……

初一我起得很早，倒并不是因为和那"穷人的女儿"有个比较郑重的约会，而是由于三十儿夜晚看一本书看得失眠了。

我是个越失眠反而越早起的人，却也不能说与那个比较郑重的约会毫无关系。其实我挺希望初一一大早走出家门，一眼看见一个一身簇新，手儿脸儿洗得干干净净，两条齐肩小辫扎得精精神神的小姑娘快活地大声给我拜年："叔叔马年吉祥，恭喜发财！"尽管我不相信那真能给我带来什么财运……

一上午，我多次伫立窗口朝下望，却始终不见那"穷人的女儿"的小身影。

下午也是。

到今天为止,我再没见过她。

却时而想到她。

每一想到,便不由得在内心默默祈祷:小姑娘,马年吉祥,恭喜发财!

我的发小

——二小的故事

我的长篇自传体小说《一个红卫兵的自白》开篇第一章的第一句话是这样的:"我们那个大杂院,共七户。卢家是'坐地户'。我家和其余五家,都是因动迁从四面八方搬来的。一九六六年元旦前,凑齐在那个院里了。春节,互相拜年,和睦友好的关系从此奠定基础。那一年我十七岁,初三。卢叔是'院长',以'坐地户'的积极性和热情,义不容辞地担负起了管理我们这个大杂院的责任……"

如今,已经过了整整三十年。《一个红卫兵的自白》出版也整整十年了。哈尔滨市,我度过少年时期的那个大杂院,已经不复存在。邻居们都不知分散到何处居住去了。

不久前的一天,下午三点多钟,我正昏睡着,有人敲门。开了门,见一个满面流汗,身材瘦小的男人神情不安地站在门外。他穿一件短袖花格子衫,拎一个旧的、黑色的皮革包。因热，花格子衫仅扣最下边两颗扣子，半露着晒红的胸膛。他留的是平头，看上去至少一个半月没理过了。半长不长的灰褐色头发中，夹杂着五分之一还要多些的白发，很白很白的白发，像化工厂里的洁白的化纤丝似的。

我以为是一名"上访者"或中年民工，不料他开口叫我"二哥"。

叫后，神情更加局促不安。分明地，他觉得自己没资格，甚至不配叫我"二哥"似的。

我以为他是投亲的，找错了门，认错了人。正沉吟着打算问他些什么，不料他又口吃地说："二哥，我……我是……是二小哇！"

"二小？"

"就是……咱……咱们光仁街大杂院……老卢家的二……二小哇……"

"你是……卢叔家的二小！"

"对对！"

他出了口长气，神情略显松弛地笑了。

我立刻将他让入室内。

我先吩咐他脱去格子衫，冲头、洗脸、擦身，彻底凉爽一下。

当他重新穿上花格子衫，仍摆脱不了局促地坐在我对面时，我端详着他，一时感慨万千。当年我十七岁，他六七岁，叫我"二哥"像叫亲哥。

但这个身材瘦小的，脸上沉淀着太多的命运沧桑，样子极为落魄的小老头儿，真的便是二小吗？我明明已认出他真的便是，却还是不免有几分怀疑似的。

于是二小断断续续、结结巴巴地向我讲起他的一番经历，听得我心情越来越沉重。

一九七四年我从黑龙江生产建设兵团上大学，二小恰在那一年下乡了，去的也是黑龙江生产建设兵团。那么，应该说他还是我的"兵团战友"了。

大返城那一年，他是不打算离开兵团的。因为他怕给家人造成负担。姐姐出嫁了，哥哥结婚了，妹妹没有正式工作，父亲生病。出嫁了的姐姐和结了婚的哥哥，没房子，在小屋的前后，搭起了更小的两处所谓"偏房"。而原先的小屋早已破败不堪，沉入地下一米多深了。与其说是家，莫如说是"洞穴"，由没有长久工作的妹妹和生病的父亲同住。连里替他办理了返城手续，督促他返城……

二小返城后一直没有正式单位接收。因为卢叔是收破烂儿的，他当然不愿继承卢叔的衣钵。好在他肯干，前几年还是能够挣些钱的。尽管不多，但刚够养活自己。

他只能和卢叔住在一起。

卢叔得的是不治之症，为了让卢叔住院，他们几个子女，不得不将原先那小屋的居住权卖了。其实买的人并不为住，图的是动迁后的"房号"。孝心总算尽了，也盼到了动迁成为事实。但二小失去了最后的栖身之处。起初他轮番住在哥哥家、两个姐妹家。但哥哥妹妹居住条件也很差。一个三十六七岁的大男子，给嫂子和妹夫带来多少不便是可想而知的。起码的自尊心，使二小成了地地道道的城市街头流浪汉……

"二哥，"他低头瞧着他的双手，自言自语似的说，"近两三年里，我什么活儿都干过，还卖过血。什么地方都住过，火车站、医院候诊处、工厂锅炉房的炉渣堆。冬天，新出的炉渣热乎乎的。还被当成流窜犯收审过……"

那显然是一双会干活儿的手。他的话语也丝毫没有自哀自怜的意味，仿佛在背简历，而且尽量说得轻描淡写又使人明白。

"你哥哥姐姐妹妹们，就不帮帮你？"

"他们的日子也很难，各家都有各家的愁事。近两三年哈尔滨下岗失业的人太多太多了，他们想帮也帮不了我。"

"平时很少见面?"

他点点头:"过春节的时候总是要团聚的。我找个地方洗净脸,刮刮胡子,换套像样点儿的衣服去见他们。对他们撒谎,说我混得不错,只不过忙,让他们别替我瞎操心。团聚几个小时后,趁着酒热,我便到马路上逛,找熬夜的地方……"

"那你……到北京来干什么?……"

"二哥,我走投无路了,想来想去,只有来求二哥你给指条生路了……"

我沉默良久,低声说:"二小,二哥为你高兴。"

他不解地抬头望我。

我又说:"你没变成盗贼,没变成抢劫犯,没做任何违法之事,我真的有几分替你高兴啊!"

他说:"二哥,那些事,咱就是饿死冻死,也不会做的呀!"

我的眼睛顿时湿了。

二小是很不错的瓦匠,木工活儿也拿得起来,还懂些水暖,会修各种管道。

但我留他住了几日,还是打发他回哈尔滨了。靠他那些技能,在北京找到长久的工作,完全超出我的能力。不长久,岂非等于由哈尔滨的街头流浪汉,变为北京的街头流浪汉了吗?

他走时,我让他带上了我的几封亲笔信。

我郑重地对他说:"二小,别怨二哥没帮上你。这几封信,保你在哈尔滨能找到些临时的活儿干,能挣点儿钱养活自己到年底。"

他迷惘地问:"年底以后呢?"

我说:"二哥始终有一个愿望,以后离开北京,到京郊农村落户。不过,原先是几年后的打算,起码等梁爽上大学后。现在,二哥愿为你提前这一打算。我到哪儿,带你到哪儿。咱们两家从前是近邻,以后你和二哥也将是近邻。目前有些农村搞得不错,你会的那些技能在农村才可能大有用武之地。二哥会帮你盖两间小房。还有,你应该结婚了。哪怕是个寡妇,只要肯嫁你,你也不要嫌弃人家。那么,当丈夫、父亲,还来得及。否则,这一辈子,真的毁了!"

他点头。

"最重要的是——我与你联系时,你可一定得和现在一样,说到底,是一个守法的良民。否则,你就没法儿和二哥做邻居了!"

他说:"二哥你放心。"

我知道这一点，我是完全应该放心的。

从此我又多了一桩心事——已寄出几封信四处联系，试探京郊哪一处农村肯收我和二小为村民。对我，与那些在大都市住腻歪了到农村去买别墅住的人是不同的。我当然买不起别墅。对二小，更是不同的……

戴橘色套袖的人

是的,他当然属于"环卫工人"中的一员。

但他又肯定地没有北京户口。肯定地不属于工薪阶层。肯定地,在北京并没有家。在其他城市想必也没有家。分明地,他是一个中年农民。

他从哪儿来呢?他在农村的那个家,生活状况如何呢?显然是很贫穷的,可究竟会贫穷到什么程度呢?他在北京栖身于一处什么样的地方呢,他的工作能使他每月挣多少钱呢?

这些,在他活着的时候,都是我所不知道的。

我是隔着我家北屋的窗子"认识"他的。那窗对着元大都古城垣的遗址。十几米宽的小街,每日上午七点至九点是早市。公休日延至十点半。自从有了早市,古城垣那道风景便受着严重的"白色污染"了。肮脏的塑料袋儿触目皆是,一入冬季,挂满光秃秃的树枝,仿佛挂着一片片肮脏的棉团。而自从有了他——那个戴橘色套袖的人,风景才又是风景了。

我第一次隔窗望见他时,他正一动不动地蜷在土岗的凹处。那一天很冷,北风在小街上空呼啸。摆摊儿的小贩不多,逛早市的人也不多。两种人都穿得很厚,他却穿得挺单薄。蜷缩在那儿,怀里搂着塞垃圾的麻袋,像搂着一个孩子,袖着双手。

妻说:"外边太冷了。昨晚天气预报今天零下八九度呢!我不出去买早点了,把米饭热成粥,对付吃点儿算了。"

见我没话,又说:"一早晨你站在窗前发的什么呆呀?"

我将妻招到身旁,指着说:"你看,那人是不是已经冻死了啊?"

忽然又一阵风吹过,几只肮脏的塑料袋儿被旋上了天空。那看上去似乎已经冻死了的人活了,站了起来,仰起头望那几只在空中飘飞的塑料袋儿。风一停,塑料袋儿一落地,他便追逐了过去。他用一根一米多长的、一端尖锐的竹竿,一一插住那些肮脏的塑料袋儿,塞进麻袋里去。有几只塑料袋儿挂在很高的树枝上。他就举着竹竿,蹦起来钩。那样也没能钩下来。但他并不离去,仰望着在树下想主意,仿佛是一头企图吃到嫩叶的瘦羊。后来他登上了土岗,凭借着土岗的高度飞身一跃,凌空之际同时举着手中的竹竿。他钩下了一只塑料袋儿,自己重重地摔在地上。他连摔了几次,挂在树上的塑料袋儿全钩下来了……

我望着,心想,这人太认真了啊!进而又想,也许他只有靠他这股认真劲儿,才能较长久地保住他这份"职业"吧?

他很敬业地做完他该做的事儿,就又蜷缩到那凹处去了……

以后,我在写作中驻笔凝思时,常不禁地隔窗望他。有时他蜷缩在那凹处晒太阳,有时不在那儿。不在时,肯定是满公园转着清除污染去了……

有一天我隔窗见他用一柄小铲子铲那凹处,直至将那凹处铲出椅背和椅座的形状……

有一天我见他捡了个纸板箱,拆开来,垫他的"椅座",挡他的"椅背"。他坐下去试了试,似乎觉得很舒服,很满意……

有一天更冷,我见他在他的"专座"前燃了一小堆火,蹲在那儿取暖。火熄了,他又在炭热中拨拨拉拉地烤红薯和鸡蛋。红薯和鸡蛋都是他捡的。小贩们常将烂了一半的红薯或破了壳卖不出去的鸡蛋挑出来扔到土岗上,我望见他捡过……

有一天我见几个小伙子在土岗上溜达。他们在他的"专座"那儿站住,议论些什么,接着便一齐往他的"专座"上撒尿。他们嘻嘻哈哈地离去后,他走来了。我见他伫立在他的"专座"前发呆。片刻,他捡起那些纸板,折了几折,塞进了麻袋。

那一天他铲毁他经常晒太阳的"专座"……

第二天我见他在那儿的一棵大树的树干上,钉了一块纸板。纸板上歪歪扭扭地写着几个醒目的粉笔字——"比处'今只'大小便!"七个字中错了三个字,招惹得一些逛早市的人指指点点地笑……

那一天他在我隔窗所望的视域内消失了。

那一天妻下班后,翻出了一些旧衣服,说单位又号召职工捐献了。我让她留下一件我曾穿过的棉大衣,打算送给那戴橘色套袖的人……

我没能将那件旧棉大衣送给他,因为一个同样是农村来的小伙子顶替了他。

我问小伙子他哪儿去了。

小伙子说他死了。

"怎么……怎么就会死了呢?"

"他得癌症好多年了。他能活到前几天,全靠心中有个愿望撑着啊!"

"什么……愿望?"

"还能是什么愿望?想多带点儿钱回家,盖房子,供他小女儿上中学呗!"

"他……一个月挣多少钱?"

"每天拾元钱。少干一天,少挣一天的钱。我也是。省着吃,每月也只不过能剩一百多,和如今城市里下岗的工人一比,我们这些农村来的人,也就知足了。"

"你们,白天在这儿没有休息的地方?"

"想在哪儿歇会儿,就往哪儿一坐一缩呗!"

"你这套袖,是他戴过的?"

小伙子默默点了点头。

我将我那件旧棉大衣给了小伙子。

那一天,《中华读书报》的女编辑杨颖来向我约稿,不知怎么,我们谈到了"精神家园"这个话题。

我说:"现在,中国的文化人们,总在那儿喋喋不休地大谈什么'精神家园',而我,只要一从报刊上看到这四个字,非但不觉得温馨,反而如酷暑之季中寒,感到周身发冷。"

她说:"你为什么会这样呢?那难道不是很时髦的话语吗?"

我说:"是的。很时髦。时髦的话语,总是难免使人听出

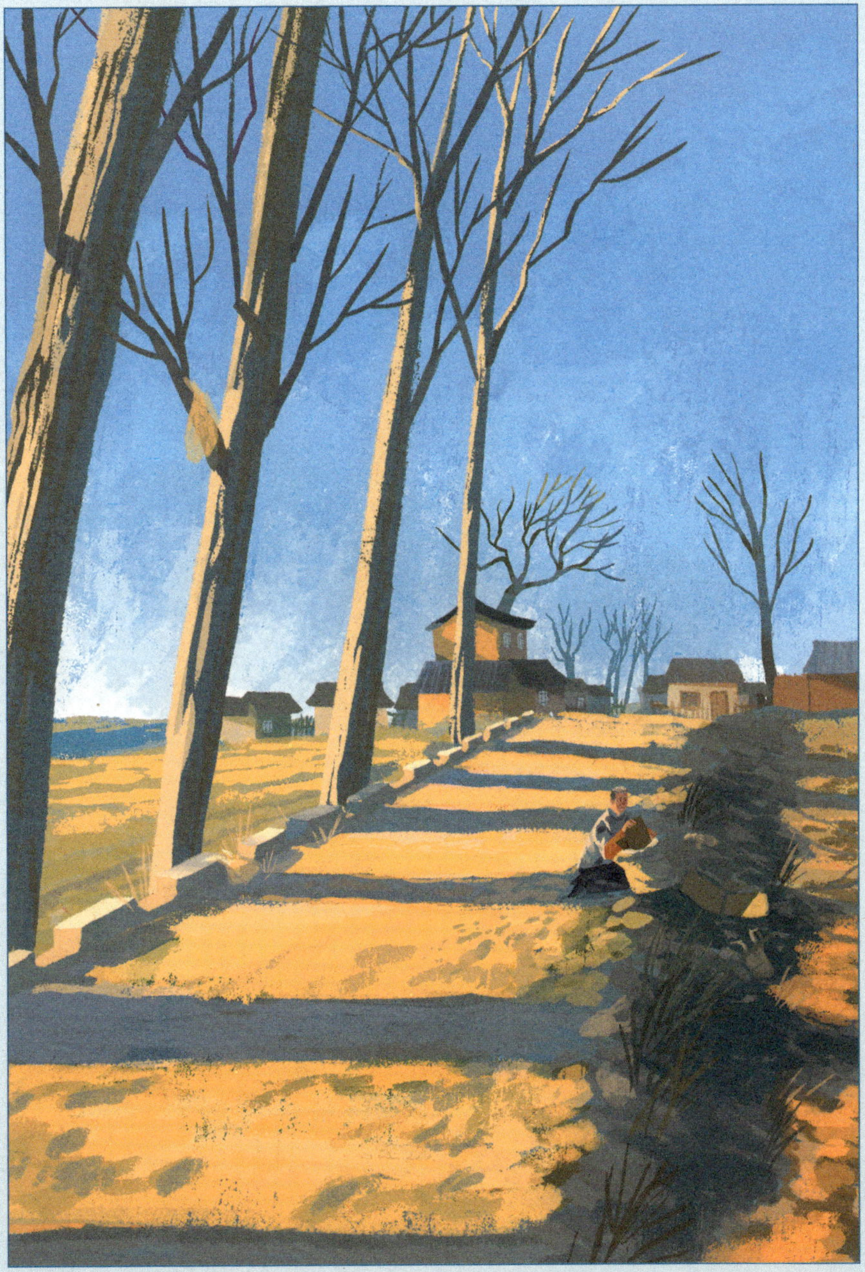

我见他伫立在他的"专座"前发呆。片刻,他捡起那些纸板,折了几折,塞进了麻袋。

矫情的意味。如果'精神家园'只不过就是文人的大小书斋,'精神追求'只不过就是读经,读史,读哲,读诸子,读圣贤,吟诗自悦,行文自赏,自我尊崇,那么其实没谁进入文人的'精神家园',做奋勇抵抗之状是可笑的。起码没人敢闯入文人的书斋,往文人的椅子上撒尿。如果'精神家园'非指文人的大小书斋,'精神追求'非指对安逸的书斋生活的过分向往和沉迷,'精神支柱'也非是'万般皆下品,唯有读书高'的意思,那么我想,许多根本不读文人爱读的那类书的人,其实也是有他们的'精神家园''精神追求'和'精神支柱'的。否则他们觉得没法儿活下去的苦闷,我想一定是远甚于文人们的。只不过他们天生不像文人们那么喜欢自我标榜地喋喋不休罢了。而还存在着不少这样的人——他们连起码的物质的家园也谈不上有。他们明白读书是很好的事,但他们忧愁的是自己的儿女根本上不起学。一个患了癌症的人不得不背井离乡,只为每个月挣很少的一点儿钱寄回家乡盖房子供女儿上学,这不靠一种'精神支柱'支撑着行吗?你能说他们的所求不是追求吗?你能彻底分得清他们那一种追求究竟是精神的还是物质的吗?文人有资格在内心里暗自轻蔑和嘲笑他们的追求不如自己的追求高雅吗?所以,据我想来,文人尽可以恪守自己喜欢的生活方式,但若太过分地自我赞美，则就不但矫情，而且有些讨嫌了。归根结底，文人的'家园'，也首先是物质组合的，其次才是精神质量的。这精神质量建筑在文人的'家园'的物质基础之上。这是文人心里比任何非文人的人都更清楚的，所以，我们文人别让非文人的人讨嫌。所以，我从不就文人的'精神家园'四个字写什么，实在是不愿置自己于被讨嫌的境地。"

杨颖困惑地看着我，不知我为何大发不合时宜之议论。

于是我引她至我家北屋窗前，指着元大都城垣的遗址上那曾被铲出椅状的凹处，向她讲那个我再也望不见了的、戴橘色套袖的人，敬业敬职地还那道风景以清洁的人……

同时我想——文人和文人的物质的以及精神的家园，若同他人的生活现状、他人的命运、他人的苦闷忧愁、他人对物质的以及精神的家园的向往与追求被隔开，其实是多么简单的事啊！

简单得只消一扇单窗就够了。

这不知是文人的幸运，还是文人的不幸……

王妈妈印象

写罢《茶村印象》，意犹未尽，更想写友人的母亲王妈妈。

王妈妈今年七十七岁了。

我第一次见到她，是在她家门口。当时是傍晚，她蹲着，正欲背起一只大背篓到茶集去卖茶。

茶集不过是一处离那个茶村二里多远的坪场，三面用砖墙围了。朝马路的一面却完全开放，使集上的情形一目了然。茶集白天冷冷清清，难见人影，傍晚才开始，附近几个茶村的茶农都赶去卖茶，于是熙熙攘攘，热闹得很。通常一直热闹到八点钟以后，天光黑了，会有许多灯点起来，以便交易双方看清秤星和钱钞。那一条路说是马路，其实很窄，一辆大卡车就几乎占据了路面的宽度；但那路面，却是水泥的，较为平坦。它是茶农们和茶商共同出资铺成的，为的是茶农们能来往于一条心情舒畅的路上。所幸很少有大卡车驶过那一条路。但在茶农们卖茶的那一段时间里，来往于路上的摩托、自行车和三轮车却不少。当然更多的是背着满满一大背篓茶叶的茶农们。他们都是些老人，不会或不敢骑车驮物了，只有步行。一大背篓茶对于年轻人来说并不太重，二三十斤而已。但是对于老人和妇女，背着那样一只大背篓走上二三里地，怎么也算是一件挺辛苦的事了。他们弯着腰，低着头，一步步机械地往前走。遇到打招呼的人偶尔抬起头，脸上的表情竟是欣慰的。茶村毕竟也是村，年轻人一年到头去往城市里打工，茶村也都成了老人们、孩子们和少数留守家园的中年妇女们的村了。这一点与中国其他地方的农村没什么两样。见到一个二三十岁的男人或女人，会使人反觉稀奇的……

事实上，当时王妈妈已将背篓的两副背绳套在肩上了，她正要往起站，友人叫了她一声"妈"。

她一抬头，身子没稳住，坐在地上了。

我和友人赶紧上前扶她。自然，作为儿子的我的友人，随之从她背上取下了背篓。她看着眼前的儿子，笑了，微微眯起双眼，笑得特慈祥。

她说："我儿回来啦！"——将脸转向我，问，"是同事？"

友人说:"是朋友。"

她穿一件男式圆领背心,已被洗得过多,还破了几处洞;一条草绿色的裤子,裤腿长不少,挽了几折,露出半截小腿;而脚上,是一双扣绊布鞋,一只鞋的绊带就要断了,显然没法相扣了,掖在鞋帮里。那双鞋,是旧得不能再旧了,也挺脏,沾满泥巴(白天这地方下了一场雨)。并且呢,两双鞋都露脚趾了……

我说:"王妈妈好。"——打量着这一位老母亲,倏忽间思想起我自己的母亲来。我的老母亲已过世十载了,在家中生活最困难的时期,那也还是会比友人的这一位老母亲穿得好一些。何况采茶又不是什么脏活,我有点儿不解这一位老母亲何以穿得如此不伦不类又破旧……

然而友人已经叫起来了:"妈你这是胡乱穿的一身什么呀?我给你寄回来的那几套好衣服为什么不穿?我上次回来不是给你买了两双鞋吗?都哪儿去了?……"

友人的话语中,包含着巨大的委屈,还有难言的埋怨。显然,他怎么也没想到他的母亲会以那么一种样子让我看到,他窘得脸红极了。须知我这一位友人也是大学里的一位教授,而且是经常开着"宝马"出入大学的人。

他的母亲又笑了,仍笑得那么慈祥。

她说:"都在我箱子里放着呢。"

"那你怎么不穿啊?"

当儿子的都快急起来了,跺了下脚。

"好好好,妈明儿就穿,还不快请你的朋友家里坐啊!我先去卖茶,啊?"

我对友人说:"咱俩替老人家去卖吧!"

但是王妈妈这一位老母亲却怎么也不依。既不让我和她的儿子一块儿去替她卖那一大背篓茶叶,也不许她的儿子单独去替她卖。

我和我的友人,只得帮老人家将背篓背上,眼睁睁地看着身材瘦小的老人家像一只负重的虾米一样,一步步缓慢地离开了家门前……

友人问我:"你觉得有多少斤?"

我说:"二十几斤吧。"

友人追问:"二十几斤?"

我说:"大约二十五六斤吧。"

他家门前,有一块半朽未朽的长木板,一端垫了一摞砖,一端垫了一块大石头,算是可供人在家门前歇息的长凳。

友人就在那木板上坐下去了,我知他心里难受,大约也是有几分觉得难堪,就陪他坐下。

这时，友人的脸上淌下泪来了。

他说："上个月我刚把她接到我那儿去，可住了不到十天，她就闹着回来，惦记着那不到一亩的茶秧。她那么急着回来采茶，我不得不给她买机票，坐飞机能当天就回来啊！可从广州到成都，打折的飞机票也要九百多元啊！还得我哥到成都机场去接她，再乘长途汽车到雅安，再从雅安坐出租车到村里，一往一返，光路费三千元打不住。她那几分地的茶秧，一年采下的茶才卖两千多元。她就不算算账！这不，回来了，又采上茶了，才活得有心劲儿了似的……"

我说："那你就给老人算一算这笔账嘛。"

他回答："当然算过，白算。我们算这一种账，在我母亲那儿根本就不走脑子。关于钱，一过千这么大的数，她就没意识了。她只对小数目的钱敏感，而且一笔笔算起来清清楚楚，从没糊涂过，谁想蒙她不容易。还对小数目的钱特亲。比如这个月茶价多少钱一斤，下个月多少钱一斤，那么这个月几天没采茶，等于少挣了多少钱……"说到此处，苦笑。

我说："那你以后就把花在路费方面的钱寄回呗。"

友人说，那寄回来的钱对于他的老母亲就只等于是一个数字，她会直接把钱存进银行里，连过手都不过手。说自己当教授了，住上宽敞的房子了，有了私家车了，不将老母亲接到城市里享享福，内心不安。说他老母亲第一次到深圳的日子里，他曾驾车带着他老母亲到海滨路上去度周末，也像别人一样将塑料布铺于绿地，摆开吃的喝的，和老母亲共同观海景、聊天。可老母亲却奇怪于城里人为什么偏偏将那么一大片地植树了、种草了，而不栽上茶秧？栽茶秧那能解决多少人的挣钱问题啊！进而大为不满地批评城里人罪过，不知土地宝贵，浪费大片大片的土地简直像不在乎一张纸一样。又觉得城里人太古怪，难以理解，待在家里多舒服，干吗都一家家一对对跑到海边傻坐着？海边再凉快，还能比有空调的家里凉快吗？说那一次老母亲在他那儿住的日子还长久些，因为在大都市里发现了生财之道——一个空塑料瓶两分钱，易拉罐三分钱，纸板三角钱一斤，她觉得比采茶来钱容易多了。说那是老母亲唯一愿意向城市人学习的地方，也是对大都市的唯一好感。还因为捡那些东西，和"同行"发生了口角。而他，只得向老母亲耐心解释，捡那些东西的人，是划分了街区领地的。在别人的街区领地捡那些东西，就是侵犯了别人的利益。别人对你提出抗议，抗议得有理。你跟别人吵，吵得没理。老母亲却振振有词地反问，他有政府发的证书吗？如果没有，凭什么说那些街区是他的"领地"呢？依她想来，既然拿不出类似政府发给农民的土地证一样的证书，凭什么只许自己捡，不许别人捡呢？而他就只得更加耐心地向老母亲解释，尽管对方并无证书，但那是"潜规则"。"潜规则"也是要相互遵守的。解释来解释去，最后也没能使老母亲明白究竟什么是"潜规则"，为什么"潜规则"对人也具有约束性……老母亲离开的前一天，他家阳台上已堆满了空塑料瓶等废弃物。他想通知收废品的人上门来收走，可老母亲不许，因为人家上门来收，一个塑料瓶子就变成一分钱了，废纸也变成两角一斤了。在老母亲那儿，账算得"倍儿清"——一个塑料瓶等于卖亏了百分之五十，一斤废纸板等于卖亏了百分之三十，合计卖亏了百分之八十！他说："妈，账你也不能这么算，并不是你原本该卖得十元，结果亏掉了八元，就剩两元了。"老母亲说："你别跟我拌嘴！百分之五十加百分之三十，怎么就不是亏了百分之八十呢？你当儿子的，不能拿我的辛苦不当辛苦，我捡了那么一阳台我容易吗我？"于是伤心起来。我的朋友这个当儿子的，只得赶紧认错。接下来乖乖地将阳台上的废品弄出家门，塞入他那辆刚买的"广本"，再带上老母亲，分两次卖到废品收购站去。老母亲点数总计二十来元钱，顿觉是一笔大收入，这才眉开眼笑……

友人问我："如果请收废品的上门来收走，是等于卖亏了百分之八十吗?"

我说:"当然不是。百分之百减去百分之三十剩百分之七十,加上塑料瓶的百分之五十,是百分之一百二十……"

友人奇怪了:"少卖钱是肯定的,怎么也不会成了百分之一百二十吧?"

我愣了,自知我的算法也成问题,陪着苦笑起来……

友人的老母亲卖茶叶回来了,一脸不快。当儿子的问她卖了多少钱?她说:"儿子你还不知道吗?这个季节大叶子茶更不值钱了,才卖了九元三角钱;辛苦了一白天,到手的钱居然还不够一个整数。"她是得快快不乐。

吃晚饭时,老人家在自家的太阳能洗浴房里冲过了澡,翻箱倒柜,换上了一身体面的衣服。我的友人,他的哥哥嫂嫂都说,老人家纯粹是为我这一位远道而来的客人才那样的。

老人家说是啊是啊,多次听晓鸣(我友人的名字)谈到过我,早知我们情同手足,说好朋友要长久。她相信我和她儿子会是天长地久的朋友,替我们高兴。老人家不断为我夹菜,口口声声叫我"声仔"。

友人对我耳语:"我母亲叫你'声仔',那就等于是拿你当儿子一样看待了。"

我也耳语,问:"要不要将我装在红信封里的五百元钱立刻就从兜里掏出来,作为见面礼奉上?"友人却摇头。第二天,友人陪我到镇上去,将五张百元钞换成了一百余张小面额的钱,扎成厚厚两捆,在他老母亲高兴之时,暗示我抓住机遇。

我就双手相递,并说:"王妈妈,我希望您能认下我这个干儿子。这些钱呢,我也不知是多少,算是我这个干儿子的一份心意,您一定要收下。"

老人家顿时笑得合不拢嘴,连说:"好啊好啊,我认我认,我收我收!"她接过钱去,又说,"看我声儿,孝敬了我这么多钱!真多真多……"友人心理不平衡地嘟哝:"那就多了?才……有好几次我一千两千地给你寄,你也没夸过我一句!"老人家批评道:"你动不动就挑我的理,看我这样也不对那样也不顺眼,他怎么就不说?"我趁机讨好:"干妈,以后他再对您那样,我这儿先就不依!"

晚上,我和友人照例同床。那是他父亲生前睡的床,如今是他母亲的床,也是家中最宽大的床,却哪儿哪儿都松动了,我俩不管谁一翻身,那床都发出嘎吱嘎吱的响声。老人家为了我们两个小辈儿睡得好,把那床让给了我俩,她自己睡在客厅里的旧沙发上。

友人向我讲起了他的父亲,以及他的父亲和他母亲的关系。他的父亲曾是乡长，极体恤农民的一位乡长，故也备受农民的敬重，不幸罹患癌症，四十几岁就去世了。他父亲生前，和他母亲的关系一向不好，几乎谈不上有什么夫妻感情可言……父亲去世以后，母亲一个人拉扯着四个儿女，日子变得朝不保夕。他的妹妹，由于小病没钱治，拖成了大病。水灵灵的一个少女，临死想换一身新衣服美一下，都没美成……

友人嘱咐我，千万不要提他的妹妹，那是他母亲心口永远的疼；也千万不要提他的父亲，那似乎是他母亲永远的怨……

他说："我听过不少父亲们为儿女卖血的事，在我们家里，为供我们几个儿女读书，卖血的却是我母亲。而且像许三观一样，在一个月里卖过两次血。上苍让我母亲活到今天，实在是对她本人和对我们儿女的眷顾……"

茶村的夜晚，万籁俱寂。友人的话语，流露着淡淡的忧悒、绵长的思念，令我的心情也忧悒起来了；并且，令我也思念起了我那没过上几天好日子的老父亲和老母亲……

第二天，王妈妈打发晓鸣到另一个茶村去看望他二姐，却要我留了下来。她不采茶了，让我陪她在村里办点事。

我陪她去了几户茶农的家里，显然是茶村生活仍很贫穷的人家。她竟是一家一户去送钱，有的送一百，有的送五十。

"看你，又送钱来，别总操心我们的日子了，我们还过得下去……"

每户人家的人都说类似的话；家家户户的人的话中，却都有"又送钱来"四个字。

那"又送钱来"四个字，令我沉思不已。

她老人家却说："晓鸣的爸又给我托梦了，是他牵挂着你们，嘱咐我一定来看看。"

或者指着我说："看，我认了个干儿子，和我晓鸣一样，也是教授。都是正的。他们都是每个月开五六千的人，以后我是不缺钱花的一个妈了。周济周济你们，还不应该的？"

我陪着在茶村认的这一位干妈，去给她的女儿、她的丈夫扫了坟。两坟相近，扫罢以后，她跪了很久。

她面对这座坟说："他爸，儿女们以为我还怨你，其实我早就不怨你了。我还替你做了些事情，那是你生前常做的事情。其实我一直记着你说过的一句话——为人处世，心里边还是多一点儿善良好。你要是也不嫌弃我了，那就给我托梦，在梦里明说。要是不好意思跟我明说，给儿女们托梦说说也行。那么，我死后，就情愿埋在你旁边……"

又对那一座坟说："幺女啊，妈又来看你了。妈这个月采了两百多元的茶。现在女孩儿家也该穿裙子了,过几天,妈亲自到乐山去给你买一件漂亮的裙子。听你二姐的女儿说,乐山有一家服装店专卖女孩子穿的衣服,样式全都是时兴的……"

对第一座坟说话时,她的语调很平静;对第二座坟说话时,她忽然泣不成声……

在回家的路上,干妈对我说:"声儿,记着,以后找机会告诉晓鸣,他说的不对。一个塑料瓶子不是两分钱,是一角二分钱。硬铁皮的才两分钱,易拉罐八分钱,顶数塑料瓶子值钱。一斤纸板也不是一角几分钱,是三角钱……"

我喏喏连声而已。

不知为什么,那一天这一位友人的老母亲,竟令我心生出几许肃然来……

后来我和我的干妈又聊过几次。

她问我:"如果一个老人生了癌症,最长能活多久,最短又能活多久?"

我以我所知道的常识回答了以后,她沉默良久,又问:"活得越久,岂不是越费钱?"

我一时不知该如何回答,尤其是对这样一位七十七岁了还辛劳不止采茶攒钱的老母亲。

她语调平静地又说:"晓鸣他爸生了癌症,才半个多月就走了。晓鸣寄给我的钱和我自己挣的,加起来快一万元了。现在治病很费钱,不知道一万元够治什么样的病。"

我更加不知如何回答才好,只有摇头。

于是她自问自答:"我死,也许不会因为病,就是因为病,估计也不会病得太久。我加紧再挣点儿钱,攒够一万,估计怎么也够搪病的了。我可不愿拖累儿女们,儿女们各有各的家,也都不容易……"

我装出并没注意听的样子。

不料她突然问:"你们城里的老人,如果还挺能吃,就表明还挺能活,是吧?"我回答:"是。"她说:"我们农村的老人,如果还挺能干,才表明挺能活。你看干妈,是不是还挺能干的?"我又回答:"是。"……

当我离开茶村时,我和我的干妈,相互都有些依依不舍了。

我又明白了我自己一些——都五十七八的人了,居然还认起干妈来,实不是习惯于虚与委蛇,而是由于在心理上,仍摆脱不了那一种一心想做一个好儿子的愿望。

因为我从来就不曾好好地做过儿子。那是需要些愿望以外的前提的。对于我,前提以前没有。现在,前提倒是有了，父母却没了。

　　我也更明白了——为什么我的某些同代人，一提起自己过世了的父母就悲泪涟涟。我是那么羡慕我的好友晓鸣教授。他的老母亲认下了我这一个干儿子，我觉得格外幸运。而我尤其幸运的是，我的远在一个小小茶村里的干妈，她是一位要强又善良的老人家。至于她爱捡废品的"缺点"，那是我能理解的，也是我觉得有趣的……

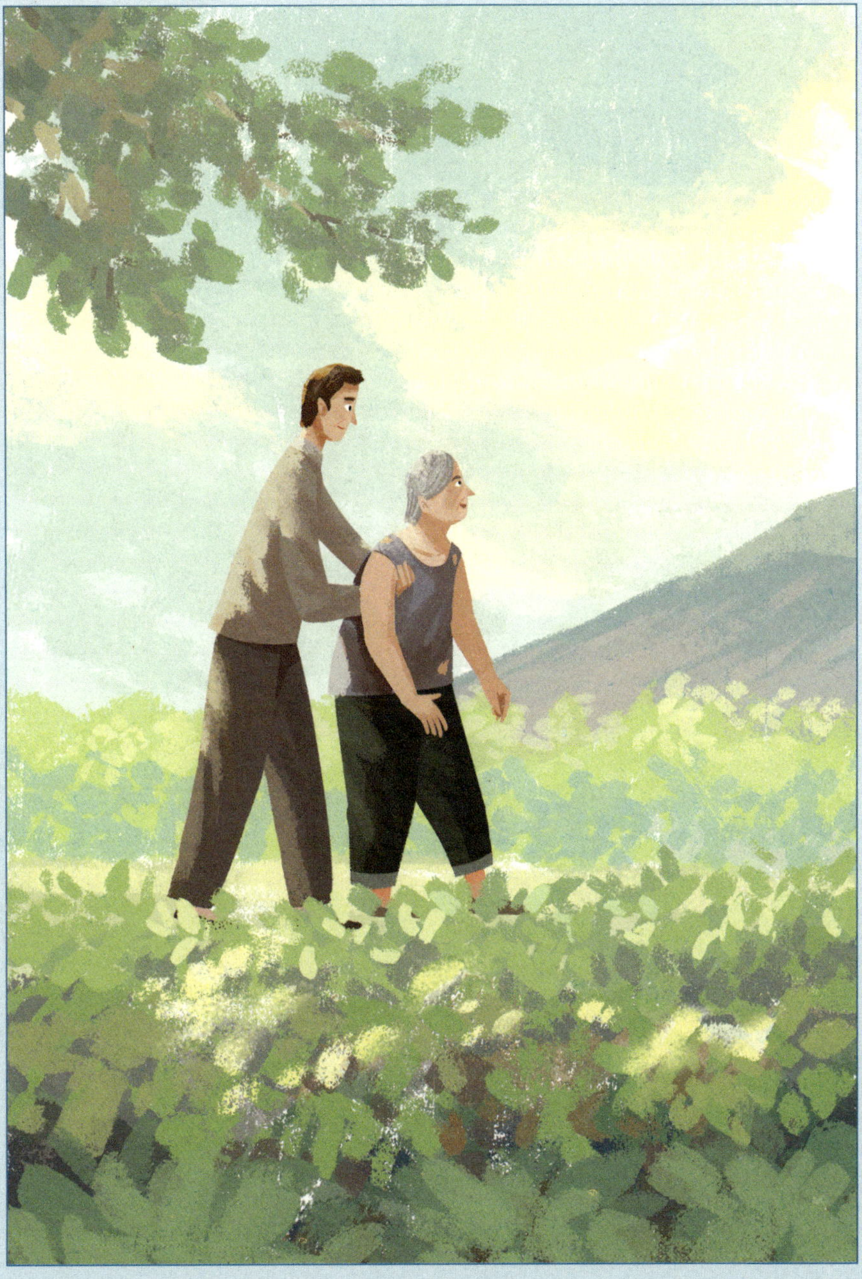

当我离开茶村时,我和我的干妈,相互都有些依依不舍了。

第二辑 我与唐诗宋词

我获奖了

一个几角钱的笔记本和一份奖状。当年的奖状都是一张特制的纸，大小不同而已，镶不镶在框子里由自己决定。我获得的奖状比课本大不了多少，奖状和笔记本上都盖着"安广小学校小记者协会"的章。安广小学校有一位少先队大队辅导员老师，他特别热心于他的工作，成立了"小记者协会"。"协会"原则上只吸收少先队员，因为设立在"少先队大队"之下嘛。我在五年级时加入了"协会"，但那时我还没入队。没入队本是没资格加入"协会"的，大队辅导员老师了解到我的作文比较好，主动找我谈了一次话，希望我写份要求加入少先队的申请书。我已不是"逃学鬼"了，学习成绩提高了，有些上进心了。我交了申请书，他很快就批准我成为"小记者"了。在一次开"小记者"会时，他提醒"小记者"们不许因为我不是少先队员而歧视我。

"小记者"们并不单独进行采访,至少三个人结成一个小组。去哪里采访,采访什么事,什么人,都是由辅导员老师预先联系好的,有时他还亲自带队。我参加了每一次小组采访,我对采访活动相当重视,因为不愿辜负大队辅导员老师对我的"特批",也因为"特批"那件事使班里的同学们似乎对我另眼相看了。但我并没写过一份采访稿,至少三人的集体采访根本轮不到我写稿,大家每次都互相争着写,往往,有的"小记者"还会因为没争到写的机会而哭鼻子。我一次也没争过,觉得自己最没资格争。就是有资格争,我也不争——我更愿意写我自己想写的内容,并且更愿意以自己喜欢的方式来写。我觉得那类由某某同学"执笔"的采访,被互相争的同学写得太相似了。

哈尔滨市有一家儿童电影院,是专向少年儿童开放的低票价影院。有次我们全校师生到儿童电影院去看电影,一名同学忽然大声对我说:"梁绍生,看,一个与你同名同姓的人!"

果然——一块巨大的誊抄板上,写着我的一篇小说体的"作品",内容是几名小学男生修理课桌课椅的事,采取的是拟人写法,比如钉子已经松了的椅子,在被同学坐上时,会"发出痛苦的呻吟",而将它们修好之后,它们又会互相说些感激的话，被落在教室窗外树上的喜鹊听到了……

那块誊抄板有一米半宽，两米半那么长，不是黑板，其上写的也不是粉笔字，而是裱了白纸的宣传板，白纸上画出了红色的方格，如同一页放大了的作文本上的纸，字是用毛笔写的小楷体字。

我看了一会儿，确认那正是我的"作品"后，肯定地说："不是同名同姓的别人，那就是我。"

"你敢说那个名字就是你？再说一遍！"

那名同学大惊小怪起来，引起了更多同学的关注，我陷入了嘲笑的旋涡。

大队辅导员老师出现了。

他证明我没骗同学们，他的话也引起了老师们的关注。实际情况是，我将自己写的那篇"东西"交给他看，他说写得不错，并且留下了。肯定是由于他的推荐，才会出现在儿童电影院里。而我一次也没完成过由我"执笔"的采访，却获了奖状和奖品，也肯定与那件事有关。颁奖仪式同样在儿童电影院举行，在电影放映前，由教导主任授奖——显然，学校对"小记者协会"的活动很重视。我听有的同学说，原本没打算搞得那么郑重，因为我的"作品"出现在儿童电影院了，才改在儿童电影院颁奖。我第一次在全校师生的注视之下走上正式的主席台领奖，内心自然激动了一番。

过后我想找机会对辅导员老师说几句感激的话，却一直没有那样的机会。一天，辅导员老师主动找到了我，对我说他很快就要调走了。

我竟一时不知说什么好。

"要争取早日入队……"

他还说了几句别的话，我却只记住了以上这句。我还是不知说什么好，曾在心里想好的话忘得一干二净，唯有点头。以后我再没见到过他。

快到期末的时候，我终于入队了。六年级上学期才入队，真是太晚了，全班只剩几名同学还没入队了，他们在小学毕业之前也都会入队的。我因自己毕竟不是最后一批入队的同学而保住了几分小学生的自尊心，对于一名"逃学鬼"来说，保住了那几分自尊心很重要。

家里也拆除了一边的木板床，砌成了火炕。那主要不是我的功劳，哥哥出的力最多。和泥脱坯是很累的活。泥和不好，脱成的坯容易裂。我只不过和三弟、四弟将黄土准备好了。一个星期天，家里来了几名哥哥的男同学，他们用大半天的时间就脱出了一百多块坯，根本不用我和三弟、四弟插手。火炕也基本是哥哥按照父亲留下的图纸砌成的，三弟、四弟负责搬坯,我给哥哥做小工。

那年冬天我家更暖和了些,墙上不再挂霜了。屋里拆除了炉子,地方宽了,也干净多了。

第二年初夏,我即将毕业了。

关系友好的同学开始互赠纪念品。在从前的年代,小学生之间互赠的纪念品基本都是友谊卡片,类似后来的贺年卡,几分钱一张。但如果买十几张,那不也是几角钱吗?能买一斤好咸菜全家吃几顿了,我没勇气因为那种事向母亲要几角钱——哥哥有可能成为大学生了,母亲得为此多少攒下点儿钱,她花钱更节俭了。而且与我谈得上关系友好的同学几乎没有——因为我曾是"逃学鬼",也因为后来我家搬离了"安字片",我不再与同学们结伴上学放学了,不再经常一起玩了。

几乎没有不等于完全没有。

下学期开学不久,班里多了一名叫陈元元的男生,他在男生中算中等个儿,和我差不多高,圆头圆脸的,像"苹果脸"的女生。班主任老师向同学们介绍他时,忍不住笑了一下,问谁给他起的名字。

他说不知道,估计是他爸爸。

老师说:"回家告诉你爸爸,给你改名,就要上中学了,还叫这个名不好。"至于为什么不好,老师没说。

同学们虽然也奇怪,但很快就忘了那事儿。只有我,不但奇怪,也明白了老师为什么那么说——我想起自己看过的小人书中有一个叫吴三桂的历史人物,他是为了一个叫陈圆圆的女人引清兵"入关"的。

下课时,我当着几名男生的面对陈元元说:"我知道你的名字为什么不太好。"

我那么说是出于一种虚荣心,想证明自己比别的同学知道得多。

不料陈元元大怒,指着我高叫:"不许说!你敢说我跟你拼命!"看来,他自己其实也知道为什么。

他那样子吓住我了,我没说。

他却又说:"是同一个字吗?"

他的话使几名男生更好奇了,全都怂恿我说,还都保证我的"安全"。

陈元元快哭了。

我仍没说。这时已不是由于怕他,而是由于自责。

放学后,我主动向他认错。

他大度地说:"算了,反正你也没告诉他们几个。"

他说也有别的大人很郑重地劝他父亲为他改名,但他父亲是个倔人，认为既然不是同一个字，坚决不改。一说到他父亲，他又泪汪汪的了。

我俩回家的方向并不一致，我正要说再见，他忽然说："想到我家去玩儿吗？"

我没那种想法，愣了愣。

他又说："我爸是车老板，我家有匹马，是兔马，跟别的马不一样。"

当年，马车经常出现在城市里，我已多次见过马了。但兔马是什么样的马还是引起了我的好奇，我点了点头。

元元的家在一个大院的最里边，也是一幢低矮歪斜的小房子，门窗同样下陷得挺严重，使我联想到了自己先前的家。不同的是，那个大院的主人是一位老中医，元元的父亲和一辆两轮马车是为老中医出诊服务的，也负责接送行动不便的病人。院里四处种花，都盛开着，使院子很美。老中医家的房子特大，窗子擦得干干净净，有漂亮的窗帘，是典型的俄式大房子。相比之下，元元家住的房子太小了，只有一间屋和一个门斗。旁边是马棚，马棚旁边是马车。那匹兔马是匹小马，比驴子大一些，比骡子小一些，性情特别温顺，元元说我可以放心地摸它。我摸它时，元元说："你看它的耳朵多长，比一般马的耳朵长多了吧？它的脸是不是也要宽一些、短一些？从正面看是不是很像兔子？"

我则连连回答："像，是像，太像了。"

其实在我看来，所有的劳役马的脸都有点儿像兔子，那匹兔马的脸只不过更像兔子一些罢了。除此之外，再没什么特别之处。但我不由自主地顺着元元的话说，不愿使他看出我对兔马已经完全没有了兴趣。

将我送出大院时，元元问我："现在咱俩算是朋友了吧？"

我说："那当然。"

他说："拉钩。"

我就与他拉了一下小手指。

他说："都是朋友了，你可不许再提我的名字好不好了啊？"

我说："我保证。"

后来我也带他去了我家一次。有时候，他挺发愁他放学回家后，他爸爸不在家，他不得不吃凉饭，也许还没饭吃。我就经常主动邀请他去我家，对于我的主动，他一向高兴，因为不必吃凉饭或挨饿了，并且可以在我家和我一起写完作业。

我俩确实成了朋友。我是他转学后唯一的朋友，他是我毕业前新交的朋友，最想互相交换纪念品的朋友。

他曾坦率地告诉我他的爸爸妈妈"分开"了，究竟因为什么他也不清楚。他非常想念妈妈，有时会偷偷去看妈妈一次，不敢让他爸爸知道，他爸爸知道了会冲他发脾气的。

我陪他去看过他妈妈一次。在一家大商场外，他要我等他。我则耐心地等。

他许久才出来，哭过，却对我装出高兴的样子，请我吃了一支冰棍。

毕业前，我送给了他几本小人书。小人书是我特珍贵的"财富"，此前从没送给任何人一本。但他既是我的好朋友，我舍得送给他。他送给我的是不大不小的笔记本，内中夹了不少糖纸，有的糖纸我连见都没见过，对于喜欢收集糖纸的小学生，肯定属于"珍品"。分明，那也是他舍不得送人的东西。我并无收集糖纸的爱好，但我高兴地接受了。

毕业后就放假了，各自等待中学录取通知书。假期我去元元家找了他一次，没见到他。马还在，车也还在，但车夫换了，住在小破屋里的也不是元元和他的爸爸了。

新的车夫正在喂马。

我问元元和他爸爸搬哪儿去了。

那人说不知道，没见过。他来到时屋子就空了……

同学刘树起

我的第一位朋友是刘树起——我俩同岁,我比他大两个月。

他家离学校比我家还远,是全班家离学校最远的同学。从他家到我家二十几分钟,从我家到学校半小时左右。我家那条街差不多是他上学的必经之路。他每天上学都到我家找上我。与他结伴上学放学,是我对中学时代很愉快的回忆。

我哥哥生病后,我曾对他说:"你看我现在的情况,上学成了三天打鱼两天晒网的事了,你以后别找我了吧。"

他却说:"你家的情况,老师和同学们都了解,也没谁因为你旷课歧视你呀。咱俩这样约定可以不?——我找不找你,是我的自由。我出现在你家门外了,你能不能去上学,由你决定嘛。如果你摇头,我转身就走还不行吗?"

我只得说:"那行。"

在当年的我看来，树起是一个幸运的朋友——他居然有四个姐！并且还有一个弟弟一个妹妹。他的弟弟和我三弟同龄，妹妹和我四弟同龄。那时，他大姐二姐已经结婚了，大姐和大姐夫都在市体委工作。他二姐和二姐夫都是铁路员工，二姐还是18次列车的播音员。18次列车是哈尔滨至北京的特快列车，也是从哈尔滨开出的各方面服务最好的一次列车。以一般百姓人家对工作的希望而言，他大姐和二姐以及两个姐夫的工作差不多都属于优等工作。我自然也多次去过树起家，在我记忆中，似乎从没见过他的三姐，而他的四姐当年在读铁路技校，毕业后肯定也会在铁路单位上班。

树起的父亲比我父亲年长，也是早年间"闯关东"来到东北，辗转落户到哈尔滨的。他母亲也比我母亲年长，与他父亲同是山东人。由于儿女多，她母亲从没上过班。

树起既是我的朋友，我母亲自然不拿他当外人。如果他是来找我玩的，我母亲则喜欢与他聊家常。他家的情况，反倒不是我听树起说的，而是我母亲与他聊时我从旁听到的。

树起的父亲是拉平板车的人，和我父亲一样也是靠力气挣钱的人。但他父亲不是个体劳动者，而是人力车运输队的体力劳动者。在从前的年代，几乎没有个体劳动者。

我和树起互称我们的母亲为"大娘"。

我母亲从没见过树起的父母,却对树起的父母由衷敬佩。

我母亲曾对我说:"树起的父母多了不起呀,人家使四个女儿都那么有出息,这一比我做母亲做得太失败了,人家是怎么做到的呢?"

母亲那么说时,一脸的挫败感。

即使我母亲没那么说过,我对树起的父母也是很尊敬的——与我关系最亲密的同学的父母,我当然会很尊敬,却一向并没觉得树起的父母了不起过。那日听了母亲的话以后,细想想,也觉得树起的父母了不起了。

然而我不愿母亲心有自责。

当时我说:"妈,哥哥病了并不是你的错。"

母亲问:"那是谁的错呢?难道是你父亲的错不成?你父亲是写信批评过他,可你父亲也有你父亲的压力啊!"

我说:"我也不认为是我父亲的过错,是贫穷将我哥哥压垮了,就是这么回事,咱们全家面对现实就是了。"

母亲说:"这现实好难面对啊!归根到底是妈的错。以咱家的实际生活情况,根本供不起一名大学生,妈要是能早点儿面对现实就好了。"

母亲陷入了深深的自责之中,那不是我一个初一的孩子所能劝解成功的。

幸亏刘树起每天都找我去上学，否则我旷课的次数还要多。

情况常常是这样——我又不想去上学了，而树起对我说："我觉得你哥今天的表现还行，估计不会再闹什么事儿了，放心去上学吧，走吧走吧。"

有时我差不多是被他扯着离开家门的。

与我后来的家相比，树起的家可以用"太不像个家样"来形容，除了朝阳这一点，从外观看，还不如我原先那个家，有点儿类似朝阳的土窝——由于下陷，房顶矮得似乎纵跃可上，幸亏那儿地势高，雨天不至于往屋里灌水。而屋子里边虽小，却也收拾得整整齐齐、干干净净。

树起性格开朗，我从没听他对于自己住在那样的家里说过一句不开心的话。有时我成心与他聊关于家的话题，想要知道他心里关于家的真实想法。而他似乎对这一话题没什么话可说，经常答非所问。起初我以为他成心回避，后来意识到我错了，他真的是那种能够开心地活在当下、天生乐观的大男孩。

有次我俩放学回家，路见一户人家在往独门独院的新家搬东西——那是一幢漂亮的俄式房子。

我问他："那房子那院子好不好？"

"当然好啦!"

他似乎觉得我问得奇怪。

我又问:"羡慕不?"

"那还用问?不羡慕不成傻子了?哎,你看天上,太阳还没落呢,月亮已经出来了!知道老话怎么说吗?这叫日月对脸儿!……"他的话题立刻转移了。

我将他乐观的性格,归结为他有四个有出息的姐姐,而我只有一个哥哥,还是个精神失常的哥哥!

与树起在一起,我不禁地有时会忧伤起来,但更多的时候会受到他快乐性格的影响,暂时忘记家事的烦愁。

树起的幸运还在于,因为有四个姐姐,便没什么家事轮到他操心。像维修房屋这种属于大人的活儿,他父亲利用星期日休息时就断断续续干完了,他往往只不过做帮手。不多的家务,他母亲一人就几乎全部承担了,这使他可以全心全意地学习。他聪明,成绩排名一向在十名以内,有时会名列四五。但他对我这名经常旷课的同学,却一向发自内心地挚诚相待,关爱特深。

常常是,他哪位姐姐和姐夫回家探望他父母,带了什么好吃的东西,比如点心、水果、奶糖、香肠之类,他总是不忘使我也能分享到。有次在上学的路上,他又从兜里掏出用纸包着的什么东西给我。我打开一看，是两片贴饼子。

我说："你还真怕我饿着呀？"

他说："夹了虾酱的。"

树起的性格也有很倔的一面。只要他认为正确在自己这边，往往会为了坚持正确而与人"杠"到底，对我也不例外。有次在放学的路上，我俩因为"可恶"之"恶"的正确发音争了起来，一直争到我们那条街的街口。回到家里我一查字典，原来不读"è"而读"wù"，果然我错他对。第二天他找我上学时，我向他认错，他高兴地大叫："哈！哈！昨天跟我死犟，现在脸红不？实话告诉你，我根本没忘那事儿，书包里带了字典！没想到你主动认错了，那我省事儿了，不必翻字典给你看了！"

他得意了一阵，忽然想起什么事，又掏出用纸包着的一块蒸倭瓜给我。

两名男生之间的友谊，实在也不必靠多么不寻常的事来巩固，无非就是经常一块儿上学，一块儿放学，一路不停地说这说那。日复一日，月复一月，从冬到夏，从夏到冬，自然而然地就感情加深，亲如兄弟了。

我至今难忘的，无非这么一件事——初二寒假的一天，树起来到我家找我，说他二姐分到了一张票，可买二百斤地瓜。如果我愿意和他一起用他爸的手推车拉回来，那么就分一半给我家。我母亲高兴地说是好事，当即就要给他钱。他坚决不肯收钱，说他母亲嘱咐了，绝对不许收钱，我出力就行了。

下午我就和树起去往哈尔滨列车站了。

那天冷得"嘎嘎的"。

我俩都想早点儿将地瓜拉回来。如果改日再去，好的大的就被别人挑光了，只剩下不好的了。

从我家到列车站是不近的一段路。去时因为替换着拉车，没觉得有多冷。但排队买地瓜时，我俩的鞋都冻透了，脚都冻僵了。正如树起所料，如果我俩不是当天就去，那么买到的只能是些残断的地瓜了。

一个多小时后，我俩终于拉上地瓜往回走了。可没走多远，不知怎么回事，一只轮胎没气了。那就不敢硬拉着车往前走了，怕压坏了轮辋，树起的父亲第二天没法上班。

于是由我看着车，树起到处去找修车的地方。天寒地冻的一天，哪儿那么容易找到修车的地方呢？

半个多小时后树起跑回来，气喘吁吁地说终于找到了，只能将地瓜卸下来，再由我看着，而他拉着车去修。

他这一去时间可久了，大约一个小时才回来。他说是气

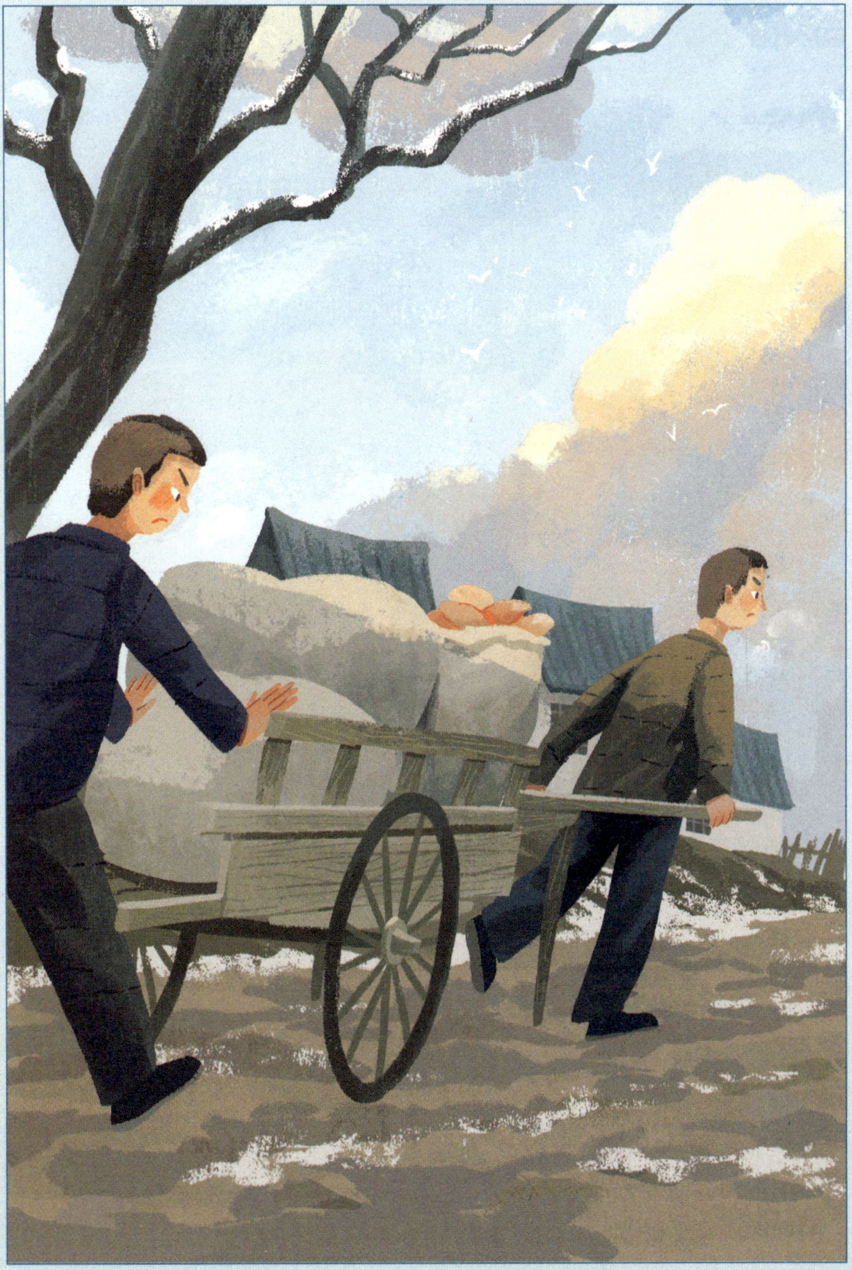

一个多小时后,我俩终于拉上地瓜往回走了。可没走多远,不知怎么回事,一只轮胎没气了。那就不敢硬拉着车往前走了,怕压坏了轮辋,树起的父亲第二天没法上班。

门芯坏了，换了个气门芯。可他身上也没钱呀，只得将棉手套押在那儿了。

我身上也没钱。当年的中学生，特别是男生，身上没有一分钱不足为怪。

我俩再次将地瓜装上车后，他的双手都冻肿了。

为了使他双手暖起来，我将自己的棉手套给了他。谁戴手套谁拉车，车把是铁的，以不戴手套的双手来握立刻会被粘住——他是将双手缩在袖子里，用手臂压住车把才将空车拉回来的。

他显然也冻得受不了啦，拉起二百斤地瓜就小跑起来，而我没了手套，只能跟在一旁。

树起没跑多一会儿就累得没劲儿了。我又戴起手套拉起了车。

到我家后，卸下一半地瓜，我母亲说什么也不许树起立刻就走，匆忙热了两碗玉米粥，命我陪他喝下去。我俩喝完粥，身上顿时暖和了，树起说路不远了，他自己就可以将剩下的地瓜拉回家了。

我母亲说："那怎么行？万一路上再出什么意外呢？"

别说母亲不放心了，我也不放心啊！

于是我拉起车就往树起家走。当年我家的粮还是不够吃，一百斤地瓜顶不少粮食呀！何况，地瓜比之于粗粮，好吃程度如同点心。我心里高兴，身上暖和了，也来劲儿了，非但没让树起替换我，还让他坐在车上。

那时，天快黑了。树起高兴得在车上唱歌。

我第一次听到树起唱歌。

到了树起家里，天彻底黑下来了，他家要吃晚饭了，他爸妈执意留我吃晚饭，树起更是守在门口不许我走。我只得脱鞋上炕在他家吃晚饭。

如今，我和树起都是七十余岁的人了，我还真就只听他唱过一次歌——在五十多年前，也可以说是在半个多世纪前的那个晚上……

"白先生"与"黑勇士"[①]

"白先生"是一只鹅,确切地说,是一只大白鹅。

我爷爷曾指着它对我说:"估计它比一般的鹅重三四斤。"其实,不必称也看得出来,它比人们常见的鹅大不少。

那时,它正从外边回来,迈着稳重的步子,高昂着头,长脖子挺得很直,像一个派头十足的人在散步似的。

它已经26岁了。

一只26岁的鹅,是一只很老很老的鹅了。据我爷爷说,一般的家鹅,即使被主人养得特别好,最长也就能活二十年。这足以证明,我爷爷对它有多么爱护。

我爷爷并不是将它当宠物来养的,而是将它看成一位老友,心怀敬意和感恩地养着。是的,我爷爷完全是在周到地

[①]该文为作者近年来的童话作品。

尽一份照顾的责任,如同人对人尽的那种责任一样。它已经早就不下蛋了。

它不再下蛋以后,我爷爷对它更好了,并且开始叫它"白先生"了。

我奇怪地问过:"爷爷,你为什么叫它'白先生'啊?"

爷爷慢条斯理地说:"爷爷有时候不是怪闷得慌嘛,谁闷了都想跟别人聊聊天啊。你奶奶去世以后,爷爷身边很少有人,所以渐渐习惯了跟它聊天。聊天总得有个聊天的样子是吧?虽然它是只鹅,但我对它也要有个称呼才好啊。"

"可为什么称它'白先生'呢?叫它'老白'不行吗?"

爷爷笑了,捋着胡子说:"当然也行啊。叫它什么都行,对它来说那肯定是没区别的。但是换算成人的年龄,它的岁数可比爷爷大多了。爷爷愿意对它用一个尊称。而且,你看它的样子,是不是像一位见多识广的老先生呀?爷爷觉得它是完全当得起'先生'这两个字的。"

听了爷爷的解释,我再看那只鹅时,觉得它真的很像一位德高望重的老先生,以后也开始叫它"白先生"了。

爷爷还告诉我,"白先生"对我们家是有实际贡献的——自从它由小鹅长成大鹅,能下蛋了,我爸从上小学到高中毕业的十二年里,每天都能吃上一个大鹅蛋。

"要不你爸的身体能那么好？从小营养跟上了嘛！"

爷爷表扬起"白先生"来，感激之情溢于言表，像在回忆自己老朋友的可敬往事。

但我却听出了破绽，不以为然地问："爷爷，不对吧？称公鹅'先生'还可以，可它明明是只母鹅呀。"

我这么问，不是怀疑什么。我丝毫也不怀疑爷爷说的是真事，爷爷从不跟我说没影的事，我是确实不明白。

爷爷笑了，摸着我的头说："这你就不懂了，估计你爸也不懂。如果我们对一位女性特别尊敬，她的年龄又很大，按我们中国人的礼貌，也是可以称她为'先生'的。记住了，这是知识。"

"黑勇士"是一条普通的农村柴狗，一身黑毛，绝无杂色，黑得油亮。它还不到四岁，体形挺大，却并不凶猛。它是一条长腿狗，这使它看上去像一头黑豹，样子很酷。

爷爷捡到它时，它刚能吃食。

别人都说它肯定是野狗生的，劝爷爷不要养它。

爷爷却说："我都发现它了，不把它抱回来，它不就死了吗？"

正因为它不同于家狗，爷爷反而更怜爱它了，决定给它一个家，做它的主人。

它长成大狗后,有一天浑身水淋淋地跑回来,像是在外边闯了什么大祸,趴在它一向趴着的草垫子上,不敢正眼看爷爷。

爷爷正疑惑,忽然来了些大人和孩子,其中一个孩子指着它说:"就是这条狗!"

它显得更不安了,躲到了爷爷身后。

爷爷心里"咯噔"一下,表情顿时紧张,又是鞠躬又是抱拳地问:"我家'黑小子'做什么不好的事了?"

"黑小子"或"黑子",是我爷爷对我家狗的叫法。

不料那孩子的妈妈立刻对那孩子说:"快跪下磕头!"

原来,那孩子不小心滑落到水塘里了。水塘有两米多深,那孩子不会游泳,眼看就要沉下去了。危急时刻,"黑小子"跃到水塘中,叼着那孩子的后衣领,将那孩子救了上来。

傍晚,孩子的爸爸也来了,送给我爷爷半扇猪排骨。

爷爷讲到"黑小子"这件事时,捋着胡子呵呵笑道:"那半个月里,我可是沾了它的光,我和它天天都有肉吃!"

这件事,我爷爷就对我讲过一次。好像除了这件事,关于"黑小子",爷爷再也没什么好讲的了。而关于"白先生",爷爷可讲的事却不少。一打开话匣子,"白先生"这样,"白先生"那样,爷爷似乎总有回忆不完的事。

当时，我看着"黑小子"，替它不平道："爷爷，你偏心！"

爷爷奇怪地问："我怎么偏心了？"

我说："你称咱家老鹅'白先生'，叫咱家狗狗'黑小子'，这还不是偏心啊？"

爷爷愣了愣，耐心地解释："我孙子批评我偏心，还真冤枉我了！其实，它俩都是我的伴儿啊，没了哪一个，爷爷的日子都会少了些愉快。'白先生'的辈分不是在那儿摆着嘛，以人的岁数来论，它都有一百二三十岁了，我不叫它'白先生'，不知道该怎么叫它了呀！而'黑小子'呢，它还不满四岁嘛，与'白先生'相比，它属于玄孙辈的狗狗，就是孙子的孙子的那一辈儿……"

我忍不住打断爷爷的话说："那以后叫它'黑豹'吧！"

爷爷摇头道："不好，听着怪凶的。它又不凶，性子很温顺。"

我又说："那就叫它'黑勇士'！"

爷爷寻思着说："嗯，这么叫好多了。可是，只怕爷爷改不过口呀。"

结果，我白替"黑小子"鸣不平了。我爷爷过后还亲热地叫它"黑小子"，却再也不叫它"黑子"了。而我，从此以

"黑勇士"来叫"黑小子"了。

我爷爷是河北沧州地区一个农村的农民。我爷爷的爷爷也是当地的农民。我爸和我是农民的儿子和孙子。

但我爷爷不是一般的农民。他的爸爸曾是沧州地区著名的农民武术家。听别人说,我爷爷的武功也很了得,但我从没见他与谁比试过,他只不过坚持一早一晚打一套拳,为了保持身子骨结实。

我几次说"我们家"对不对?

"我们家"已不是"我的家"了。

我爸妈已是县城里的人了,我已是一个有县城户口的孩子了。也就是说,"我们家"是指爷爷奶奶仍在农村的家,那个家是我和我爸曾经的家。我奶奶去世时,我还不记事。

我奶奶去世后,我爷爷不种地了,除了留下半亩地种菜,种几垄自己用的草药,把其余两亩多地租出去了。

我爷爷成了一个养蜂人,主要靠卖蜂蜜的钱维持自己的生活。

有时,我爸也会给他钱,但多数情况下他不收。

我爷爷说:"我不缺钱。吃自己种的菜,生小病了用自己种的草药就可以治疗。我不抽烟,不喝酒,也没喝茶的习惯,花钱的地方少,总之我自己挣的钱够花。你们小两口带着孩子在县城里生活，挣钱更不容易，既要还买房子的贷款，又要供孩子上学，用钱的地方多，再不要给我钱了。"

我爸很孝顺，以后就常带着吃的、穿的、用的东西回农村看望我爷爷，也经常带上我。

我爷爷是一个对土地特有感情的人。我奶奶在的时候，种地是爷爷奶奶共同的劳动。奶奶不在了，种地成了最容易使他想起我奶奶的事。我想，人思念亲人，却又根本没有再见上一面的希望，肯定是让人非常忧伤的事——我猜这是我爷爷把地租出去的主要原因。

我爷爷很喜欢种花，成了养蜂人后，更喜欢种花了。除了冬季，其他三季，我们家的院里院外经常是鲜花怒放的情景。尤其是各色蔷薇花，已经使四面院墙变成花墙了。到了蜂儿采蜜的季节，爷爷也会在自家院子里摆几箱蜂，让蜂儿们就近采蜜。

更多的蜂箱需要经常转移地方，哪里花多往哪里转移，但都不太远，在方圆十里以内。方圆十里内，菜花、果花、树花、野花次第开放，足够爷爷养的蜂儿们采蜜了。并且，割下的蜜由蜂蜜加工厂定期收走。转移蜂箱的时候，蜂蜜加工厂会派车和人来帮忙，我爷爷基本上也累不着。更多的时候，他不住在家里，而是守着蜂箱，住帐篷。"白先生"和

"黑勇士"总是陪伴着爷爷,爷爷在哪儿,它们就在哪儿。有时爷爷离开野外"根据地",骑着摩托去办事,"白先生"和"黑勇士"就共同担负起守卫"根据地"的任务。"黑勇士"贪玩,经常忘了自己的任务,离开"根据地"就不见影了。倒是"白先生"特忠于职守,爷爷不在,它绝不离开"根据地"。陌生人一出现,它就展开双翅,高昂起头,发出一阵阵警告的叫声,不许陌生人接近帐篷、蜜桶或蜂箱。"黑勇士"的耳朵可灵了,老远就能听到"白先生"的叫声,于是飞快地跑回"根据地"。那时,"白先生"也会对"黑勇士"叫几声,像是在批评它,甚至还会装模作样地啄它几下。这样的情况,我躲在帐篷里看到过。

我觉得爷爷确实对"白先生"更偏爱一些。这一定是因为,我奶奶在世的时候,"白先生"就是家中"一员"了。而"黑勇士",是奶奶去世后被爷爷捡回来的。

在我小学二年级的寒假,爸爸又带我到农村看望爷爷。蜂儿们都在蜂箱里过冬了,我爷爷也在家里"猫冬"。

一天,我爸爸居然当着我的面和我爷爷吵了起来。

爸爸苦劝爷爷开武馆,当教头,收徒弟。

爷爷说:"那得租好大的院子,得有习武场地,得有徒弟们住的房间——投资挺大的。"

爸爸说:"钱根本不是个问题,有老板愿意投资。"

爷爷说:"我在武术界又没名,有什么资格设馆收徒呢?"

爸爸说:"你虽然暂时无名,但你有真本领嘛!名还不是炒出来的?不但炒你,还要炒我爷爷!他可是著名武术家吧?"

爷爷生气地说:"你爷爷你都没见过,他著名那也是他生前的事。你爷爷都是泉下之人了,你炒你爷爷的名干什么呢?"

爸爸说:"为了使你也出名呀!设馆收徒,钱来得又多又快,徒弟参加比赛,如果赢了奖金,师父照例也分成……"

爷爷光火了,怒道:"我这一辈子就没想过要靠武功挣钱。如今我老了,而且还能自己养活自己,你却非逼你爸'卖艺'?!"

我爸看着我说:"你爷爷能使我和你过上更好的生活,可他却不开窍……"

爷爷忽然大吼一声:"你给我住口!"

我内心是支持我爸的,我也想不通爷爷为什么不听劝。爷爷如果设馆收徒,我脸上不也增光吗?爷爷挣钱多了,我不是就可以在县城最好的小学读书了吗?但我看出爷爷是真生气了,哪敢那样表态呀!

爷爷带着气出门找老棋友下棋去了。亲眼看到和亲耳听到自己的爸爸惹自己的爷爷发那么大火,我心里很难受,我默默地跟了出去。

一盘棋还没下完呢,"黑勇士"就跑来了,用两只前爪推我爷爷,还咬住我爷爷的裤脚拖他走。

爷爷敏感地说:"它这是催我回家呢!不能下完了,也许家里有事。"

我和爷爷急匆匆地回到家,我爸爸不在家了,"白先生"也不见了,却见地上有几片鹅毛。

爷爷跺了一下脚,后悔地说:"糟糕,准是你爸将'白先生'带走了。那还会有好事?"

"黑勇士"又是蹦高又是跃远地叫,叫声很焦躁,引着我爷爷往外走。

我爷爷就骑上了摩托车。

"我也去!"

我立刻坐在了爷爷后边。

因为我坐在后边,爷爷没敢把摩托车骑得太快,这使"黑勇士"反而跑到摩托车前边去了,它分明知道时间关系到什么。

幸而我爸刚走到公路上。我偏着头远远地看到了他的背影，背着背篓，"白先生"从背篓中探出头。我爸沿着公路边大步腾腾地往车站走。

"黑勇士"飞奔起来，像一匹黑马，也像一头黑豹。

"白先生"认出了"黑勇士"，开始响亮地叫起来。

转眼，摩托车停在了离我爸几步远的对面，我和爷爷下了车，"黑勇士"蹲在我和爷爷旁边，吐着长舌头，呼哧呼哧大口喘气。我爸爸站住了，一动不动地看着他的父亲和儿子。

爷爷问："你要把'白先生'带哪儿去？"

我爸吞吞吐吐地说，他的一位朋友病了，他听说老鹅汤补身子……

爷爷又问："它是我的老友，你不知道吗？"

爸爸说："那它也只不过就是只鹅。"

爷爷强忍着怒火说："你妈走后，是它陪我度过了多少个思念你妈的日夜，不是你！现在，你却想要它的命！你眼里只有朋友，没有父亲了吗？！"

我爸还想说什么，我也忍不住开口说话了。

我大喊："爸，你这种偷偷摸摸的行为真可耻！在这件事上，我坚决地站在爷爷一边！你如果一意孤行，我今后不认你这个爸了！"

"黑勇士"那时已跑到我爸身后，人立起来，往下扒背篓。

我爸一声不吭地蹲下,我急忙跑过去,将背篓从他身上拿下来。

我和爷爷回到家后,爷爷从背篓里抱出"白先生",轻轻放到地上后,"黑勇士"一个劲儿地舔它,而"白先生"也用自己的头不断蹭"黑勇士"的背。

爷爷抚摸着"黑勇士"说:"黑小子,谢谢你,谢谢你啊!多亏有你,要不'白先生'今天就没命了……"

爷爷这么说时,流泪了。

那天晚上,爷爷对我说,如果有人为了强身健体学武术,他是乐于教的,那种学和教都是好事,没什么不对。但是据他所知,现在有的人学武术就是为了挣快钱,互相打擂台赛,当师父的还要抽成……

爷爷问我:"这么一来,教的、学的,就都往歪道上走了,对不对?"

我说:"对。"

"你爸劝我搞的,就是那一套。"

"我想也是。"

"爷爷应该答应吗?"

"不应该。"

爷爷拍拍我的脸颊说:"谢谢你能理解爷爷,真是爷爷的好孙子。"

我也流泪了,因起初对爷爷的不理解而感到羞耻。

几天后,我有机会见识到了爷爷的本领。

那天,爷爷带我去镇上赶集,我们遇到了一件惊险的事。一头受惊的牛,不知怎的奔到集上来了,撞倒了许多摊位,人们惊叫着四处躲避。爷爷将我推到一个安全的地方,自己却朝那头牛跑去——在牛就要撞到他时,他机敏地闪开了,在牛的侧面跟着牛跑了几步,忽然双手握住牛角,喊了一嗓子,跃起身体将牛头往下压。那牛甩了几下头,没能甩开爷爷的双手,却被压得低下头去,接着两条前腿也跪下了……

我看得目瞪口呆。

人们齐声喝彩。

回家的路上,我后怕地说:"爷爷,我以为你会与那头牛正面较力……"

爷爷说:"那我不成了个缺心眼的人?牛多大劲儿,我多大劲儿?何况它是在狂奔的过程中,找死的人才那样做。首先得控制住它的角,还得顺着它那股猛劲儿。牛的角一旦被控制住,它自己就有几分怂了……"

那天以后，我爷爷出名了。

不久，县里一所中学的领导亲自登门，诚恳地聘请爷爷给学生们上武术课，说是为了丰富体育教学的内容，还说尽量把课安排在不影响爷爷养蜂的时段，每周只上两节学生较多的大课，每月给爷爷两千元工资。

他们一说到钱，我又不安了，担心爷爷像对我爸似的发脾气。

不料爷爷说："这是好事，没问题。对学生们好，对我也好嘛！你们放心，我保证认真教。"

爷爷对这件事的态度确实特别认真负责，如果由于天气不好上不了大课，过后他一定会把课补上。

爷爷怎么教县中学的学生们上武术课的，我一次也没见到过。因为中学生们上课时，我们小学生同样也在上课呀。

一个多月以后，关于爷爷的一件事，在我们那所小学也传开了。

我的同学们的说法是这样的：有一天，我爷爷正在上课，有两个大汉硬闯入了校园，口口声声说要当众与爷爷"切磋切磋"。那两人说的"当众"，自然是指当着学生的面。

我爷爷说："不好吧？"

他们一个说："好！"

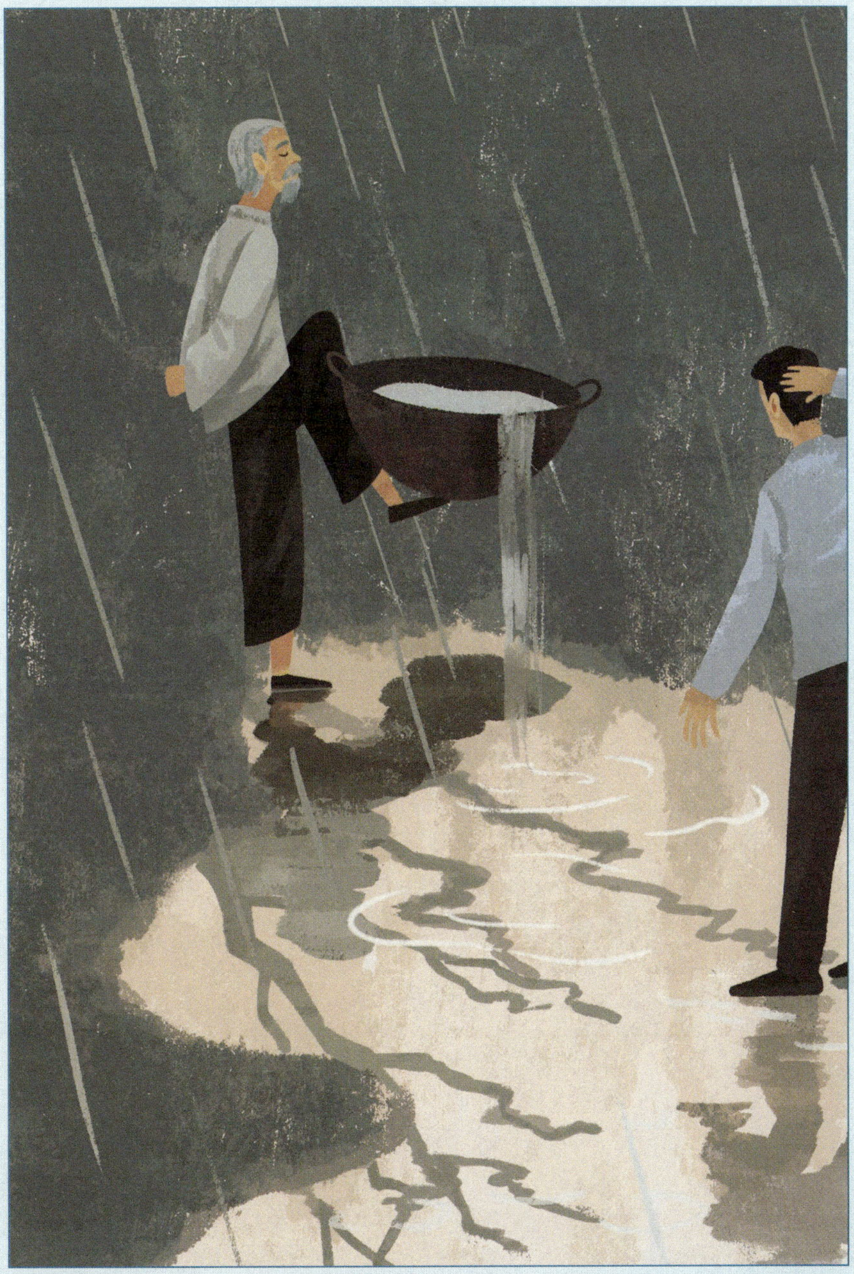

爷爷这么说时,倒背双手,伸出左腿,金鸡独立,用鞋尖抵住锅底,缓缓将大锅挑得倾斜,使锅中的雨水向那两人脚下淌去。

另一个说:"你如果不敢,就是没真本事。我们以后就宣布你是个骗子。"

当时他俩和爷爷说话的地方在操场边上,那儿的几摞砖上架着一口大生铁锅,直径一米多,里边积满了雨水。以前学校搞维修,工人曾用来拌灰浆。不知为什么,完工后铁锅没被拉走,留在原地了,留在那儿也不是没用,花匠可以用里边的雨水浇花。

我爷爷说:"看来,你们是成心要当着学生们的面让我出丑喽?"

爷爷这么说时,倒背双手,伸出左腿,金鸡独立,用鞋尖抵住锅底,缓缓将大锅挑得倾斜,使锅中的雨水向那两人脚下淌去。

那两人看呆了,直至水已湿了他们的鞋。

"切磋"并没真的进行就结束了。有那么几天,听我的同学像讲传奇人物似的讲我爷爷那件事,我的虚荣心得到了极大的满足。但我始终忍住了没说那个人就是我爷爷。因为我想,归根结底,那只能证明我爷爷是一个怎样的人,不能证明我自己怎样。

我又见到爷爷时,郑重地说:"爷爷,现在我觉得,你更担得起'勇士'两个字。"

爷爷呵呵笑道:"比起普通农民来,爷爷还是有点儿不一般的。一个人,不管哪方面有点儿不一般,在特殊情况下,发挥了那点儿不一般的能力,还不是完全应该的?可'黑小子'不同,它就是普通柴狗,明明很普通却表现出不一般来,那它就更值得咱们把它当成可敬的朋友。以后呢,你还是要多发现它的优点,多夸夸它。你夸它,比夸爷爷还让爷爷心里高兴呢!"

听了爷爷的话,我愉快地笑了。爷爷的话证明,"黑勇士"在他心里也很重要啊。

如今,我已经是高中生了。

爷爷已经去世了。

爷爷攒下的钱,使爸爸妈妈在供我上中学时,几乎没有什么压力。

爷爷去世后,爸爸住到农村去了,为了照顾"白先生"和"黑勇士",也为了不使我们那个农村家园荒废。

我爸爸也成了养蜂人。

比起在县城打工,爸爸每年少挣一万多元。

可我妈妈支持他。

我妈妈说:"挣得少了,咱们一家三口都花得节省点儿就是了。有时候人的决定,也不能完全由一个'钱'字来左右。"

村里人常看到一幅奇怪的画面——前边走着一条很酷的黑狗,后边跟着一只大白鹅,它们是我家的"白先生"和"黑勇士",它们常结伴到我爷爷的坟上去。"白先生"确实已经太老了,走得很慢。如果"黑勇士"发现"白先生"被自己甩下了,就会转身走到"白先生"旁边,陪它一起慢慢走。自从爷爷不在了,我爷爷和它们之间的"三位一体",变成了它们之间的形影不离。而"黑勇士",则似乎时时刻刻都显示出对"白先生"的保护和照顾来。

它俩是一块到我爷爷的坟那儿去的。

农村现在倡导减少坟茔地,我爷爷和我奶奶就合葬在了一起。

它俩到了坟那儿,如果阳光好,就互相依偎着趴在坟旁睡一会儿。"白先生"将头钻在翅膀下,"黑勇士"将下巴放在前爪上。他们是不是真的睡着了,那就没谁能说清楚了。

一年后,"白先生"也不在了。

我爸将它葬在了我爷爷奶奶的坟旁。

大约和"白先生"的死有关,几天后,"黑勇士"失明了。它也是老狗了。

我爸常牵着失明了的"黑勇士"去埋葬着我爷爷奶奶和

"白先生"的地方。在那里,我爸思念我爷爷,回忆我爷爷对他的种种人生教导;"黑勇士"不但缅怀我爷爷,还缅怀"白先生"。我想,也可以用"缅怀"这个词吧,要不它为什么愿意到那里去呢?

如今,"黑勇士"也不在了。

我爸爸将它葬在了"白先生"旁边。

我爸就此不养蜂了,他把蜂儿们全卖了。他又回到县城打工了,每年又可以多挣一万多元了。

如今,我们期待着能把农村家园租出去。在期待中,农村家园因为失修逐渐开始破败了。

还住在那个村的人家已经很少了,房子租出去的希望很渺茫。

每年清明,我和爸爸妈妈照例去给爷爷奶奶上坟。

一站到坟前,我就禁不住流下泪来。

早已没人再讲爷爷的"传奇故事"了。毕竟,他只不过是一个农民,他那点儿事也很快被人们淡忘了。

人们也不再将"白先生""黑勇士"和我爷爷的关系当成"奇谈"了。现如今,网上的"奇谈"不是多得是吗?

我的泪水只为一个字而流。

你们猜那是什么字?

我与唐诗宋词

信笔写出以上一行字,我犹豫良久,打算改——因为我对于唐诗宋词半点儿学识也没有,只是特别喜欢罢了。单看那一行字,倒像我是一位专门研究唐诗宋词的专家学者似的。转而一想,这不过就是一篇回忆性小文章的题目,而且,也比较能概括内容,那么不改也罢。

当年我下乡的地方,属于黑龙江边陲的瑷珲县(今爱辉区),是中苏边境地带。如果我们知青要回城市探家,必经一个叫西岗子的小镇。那镇真是小极了,仅百余户人家,散布在公路两侧,包括一家小旅店、一家小饭馆、一家小杂货铺、理发铺及邮局。西岗子设有边境检查站,过往行人车辆都须凭"边境通行证"才能通行,知青也不例外。

有一年我探家回兵团,由于没搭上车,不得不在西岗子的旅店住了一夜。其实,说是旅店,哪儿像旅店呢!住客一间屋,大通铺;一门之隔就是店主一家,老少几口。据说那人家是解放初剿匪烈士的家属,当地政府体恤和关爱他们,允许他们开小旅店谋生。按今天的说法,是"家庭旅店"。

天黑后,我正要睡下,但听门那边有个男人大声喊:"二××,瞎啦?你小弟又拉地上了,你没看见呀!快给他擦屁股,再把屎收拾了……"

于是一个十二三岁的小女孩儿,跑到我们住客这边的屋里来,掀起一角炕席,抄起一本书转身跑回门那边去了……书使我的眼睛一亮。那个年代,对于爱看书的青年,书是珍稀之宝。一会儿,小女孩儿又回到门这边,掀起炕席欲将书放回原处。我问:"什么书啊?"

她摇摇头说:"不知道,我不认识字。"

我又问:"你刚才拿书干什么去呢?"

她眨着眼说:"我小弟拉屎了,我撕几页替他擦屁股呀!"她那模样,仿佛是在反问——书另外还能干什么用呢?我说:"让我看看行吗?"她就默默地将书递给了我。我翻看了一下,见是一本《唐诗三百首》,前后已都撕得少了十几页。那个年代中国有些造纸厂的质量不过关,书页极薄,似乎也挺适合擦小孩儿屁股的。

我又是惋惜又是央求地说:"给我行不?"

她立刻又摇头道:"那可不行。"见我舍不得还她,她又说,"你当手纸用几页行。"

我继续央求:"我不当手纸用,我是要看的。给我吧!"

她为难地说:"这我不敢做主呀!我们这儿的小杂货店里经常断了手纸卖,要给了你,我们用什么当手纸呢?住客又用什么当手纸呢?"

我猛地想到,我的背包里,有为一名知青伙伴从城市带回来的一捆成卷的手纸。我便打开背包,取出一卷,商量地问:"我用这一卷真正的手纸换行不?"

她说:"你包里那么多,你用两卷换吧!"于是我用两卷手纸换下了那一本残缺不全的《唐诗三百首》……第二天一早,我离开那小旅店时,女孩儿在门外叫住了我:"叔叔,我昨天晚上占你便宜了吧?"不待我开口说什么,她将伸在棉袄衣襟里的一只小手抽了出来,手里竟拿着另一本书。她接着说:"这一本书还没撕过呢,也给你吧!这样交换就公平了。我们家人从不占住客的便宜。"

我接过一看,见是《宋词三百首》。封面也破旧了,但毕竟还有封面,依稀可见一行小字是"中国传统文化丛书"。我深深地感动于小女孩儿的待人之诚,当即掏出一元钱给她,摸了她的头一下,迎着风雪大步朝公路走去……

回到连队，我与知青伙伴发生了一番激烈的争执——他认为那一本完整的《宋词三百首》理应归他，因为是用他的两卷手纸换的；我说才不是呢，用他的两卷手纸换的，是那本残缺不全的《唐诗三百首》，而实际情况是，完整的《宋词三百首》是我用一元钱买下的……

如今想来，当年的争执很可笑。究竟哪一本算是用两卷手纸换的，哪一本算是用一元钱买下的，又怎么争执得清呢？

然而一个事实是——那一本残缺不全的《唐诗三百首》和那一本完整的《宋词三百首》，伴我们度过了多少寂寞的日子，对我们曾很空虚的心灵，起到了抚慰的作用……

当年，我竟也心血来潮写起古体诗词来：

轻风戏青草，
黄蜂觅黄花。
春水一潭静，
田蛙几声呱。

如今，《唐诗三百首》和《宋词三百首》已成我的枕边书，都是精装版本，内有优美插图。如今，捧读这两本书中的一本，每倏然地忆起西岗子，忆起那小女孩儿，忆起当年之事……

捡煤渣

在样板戏《红灯记》中,李玉和对女儿李铁梅有一段夸奖的唱词:"提篮小卖拾煤渣,担水劈柴也靠她。里里外外一把手,穷人的孩子早当家。"

在我是中学生时,还没有样板戏。或虽已有了,但哈尔滨一般人家的孩子是看不到的。我看到的是已拍成电影的《红灯记》——那时我已下乡了,在连队集体看的。

我一边看一边想,除了没有提篮小卖,担水劈柴之类的家务活,我差不多全包了呀。

我也捡过煤渣。

哈尔滨有多条铁道从市区穿过,有的是货车专线,几乎每天都有运煤的货车行驶于专线,所以哈尔滨的某些孩子有过捡煤渣的经历,多数是家住铁路沿线的孩子。据说有的孩子每天可以捡到足够家里一天烧火做饭所用的煤。这是因为，煤车装得都很满，俗话说"满上尖儿"的那种情形。而列车转弯时，煤块会掉下来。幸运的孩子，往往还会捡到挺大的煤块。从煤车上掉下来的必定是煤块，不会是"煤面子"。煤块是煤中的"上品"，这也是捡煤渣的孩子们一直存在的原因。

既然铲树皮的事我不能再去做了，寒假中的一天我又心生出了捡煤渣的念头。

如今想来，我之所以会隔一段时间就产生一种想为家里做什么"实事"的念头，不完全是受"家庭责任"的驱使，估计也与精力过剩有关。

中学时期的男孩子，正是精力旺盛的年龄。何况，当年的中学生压力不大，十天内就可以认认真真地将寒假作业做完，往后除了做各种家务，仍有较多的时间不知如何打发。冬季的寒冷，也使同学之间基本上不太走动。

总想为家里做点儿"实事"的念头，几乎是油然而生的一种念头。所谓"实事"则是指或者能为家里挣到几元钱，或者能为家里省下几元钱那类事。

捡煤渣也要预先摸清情况——煤车通过哪条铁道线，通过的时间规律，那条铁道线有几处转弯的地方……

摸清了以上情况，某日我又起了个大早，带上麻袋出门了。

我家不住在铁道边，等我走到可以捡到煤的地方，捡第一遍煤的孩子们已经往家走了。看着他们各自的篮子里都有亮晶晶的煤块，而两条铁轨旁的雪上有煤块落下的痕迹，我真是又羡慕又沮丧。

我意外地碰到了陈元元，他也捡到了大半篮子煤块。

他说他父亲赶着马车到外地挣钱去了，将他托付在他奶奶家了。他奶奶家住在铁道附近，他爷爷已经去世，他奶奶以前一直单独生活，很少买煤，靠捡到的煤差不多就够用了。而他心疼他奶奶每天清早跟些半大孩子一起捡煤，所以他是替他奶奶捡的。

他说以前沿着这条铁路线捡煤的孩子很少，通常几乎只有他奶奶一个人捡。不知怎么一来，捡煤的孩子多了，他奶奶是小脚，走得慢，捡不过他们了，他自己能捡到的也不如他奶奶以前捡到的多。

自从小学毕业后，我再没见到过他。他长高了，比我高出了半个头。

他问我为什么要走挺远的来捡煤。

我如实向他讲了我家的情况。

他困惑地说："可捡煤也不是捡药啊。"

我说:"为家里省下买煤钱,等于为我哥挣了一份买药的钱。"

我说的是实话——不断有人向母亲推荐偏方。有人是出于善意,有人却是为了骗钱,母亲上当受骗往往难免。我不忍心责备母亲,但如果能将损失的钱补回来点儿,即使是间接补回,我觉得有些事也是值得我做的。

陈元元立刻理解了我的想法,他邀请我住到他家去,说那样我就可以和他一块儿捡煤了。而且也只有那样,我的想法才能实现。

我还从没在别人家住过,犹豫了。

"同意吧!我奶奶耳背,我和奶奶整天说不了几句话,闷死了。"他已经是在请求我了。

我说得经过我母亲批准。

他说那他就跟我到我家去说服我母亲。我没法拒绝了。

元元他奶奶的家是一间半老旧砖房,是他爷爷生前分到的工人宿舍。他先将我带到了他奶奶家,我在外屋墙角看到了一堆煤块,估计能装满满两麻袋。他说都是他捡到的,不敢放外边,那肯定会被偷光。可他奶奶家里屋外屋都挺冷,元元又说他奶奶烧煤很节省,白天总是将火压住,这使他很生气。

他是当着他奶奶的面那么说的。

我说:"你背着你奶奶告诉我嘛!"

他说:"她听不到。"

说完,他又冲他奶奶的耳朵大声问:"奶奶,我这个同学晚上要住到咱家来,行不行啊?"

他奶奶点了一下头。

他又大声说:"那,为了对我同学表示欢迎,以后将家里烧得暖和点儿行不行啊?"

他奶奶连连点头,并冲我笑了笑。

元元他奶奶是位面容慈祥的老奶奶,使我想起了陈大娘。

元元高兴地说:"你看,你一来住,我沾光了,不会在屋里挨冻了,多好的事!"

元元是到过我家的,我母亲因为从我口中了解到他是一个缺少母爱的孩子,对他接待得格外亲热。

他对我母亲说他父亲到外地去了,他一个人住在家里晚上有点儿害怕,希望我晚上和他做伴——他的说法是我俩在路上达成的统一口径。

我母亲爽快地同意了,还让元元将我父亲带回的一件"光板"老羊皮袄捎走,说晚上可供我俩压脚。

当天晚上,我便带了一本《封神榜》住到了元元家。这本小说是我从旧书摊上买的，我已经读过一遍了，估计元元没听人讲过那些故事，是为他带去的。

元元已提前将里外屋烧得暖暖和和的。他奶奶家里屋有张大床，外屋是小火炕。他奶奶一向睡小火炕，我和元元合睡在大床上。他奶奶为了省电，里外屋装的都是瓦数很小的灯泡，在那么昏暗的光线下读小说，眼睛太吃力了。好在故事已记在我头脑中，所以基本上没翻书，只不过是在讲。讲到记不清的地方，才不得不翻一下书。

临睡前，元元说："这样的日子好幸福啊。"

我分享着他的幸福，自己也觉得有几分幸福了。

第二天，天刚有点儿亮的时候，我俩就出门去捡煤——他仍提着篮子，我仍拎着麻袋，各走铁轨一旁。元元话不多，我不找话跟他说，他就只管大步流星地往前走。有时也会走在铁轨上。冬季的铁轨很滑，拎着篮子而能在铁轨上走挺远，证明他那么练了很久了。

天大亮的时候，我俩已各从几处转弯的地方捡满一篮子煤块往回走了，那时才迎头碰上些捡煤的孩子。

两个多小时内，估计我俩往返走了十几里，却谁都不觉得累，也没怎么觉得冷——两篮子煤块的收获，简直可以说是"辉煌成果"，足以使我俩感觉不到累和冷。将煤拎到他家，我再匆匆赶回自己家。有时在他家吃早饭，有时顾不上吃。

十几天后，他父亲从外地回来了，他要离开他奶奶家了，我俩的"联合行动"结束了。

我俩捡到的煤相当可观。他分了一半给我，帮我装在麻袋里，将麻袋放在小爬犁上。

我不让他送我回家。他说："我不是还得把爬犁拖回来吗？"

在我们家门口，他也不进屋，只是问我："咱俩什么时候还能见到？"那话问得有几分诀别的意味。

我忽然想起来，老羊皮袄还在他家，笑着说："你给我送来的时候不就又见到了？"

他也笑了，半认真半不认真地说："我才懒得给你送来，你到我奶奶家取吧。如果你不去取，我就把它卖了！"

我忽然对他依依不舍起来，将他送到了大院外。

前几天刚下过一场大雪，路上的积雪很厚。他忽然来了个立正，向我敬军礼。之后，一手绕住爬犁绳，一脚踏在爬犁上，一蹬一蹬地滑远了。

因为有了那些煤块，我家温暖了好多日子。

后话——我下乡前，曾去向元元告别，却没见到他，他家又搬走了。我也去过他奶奶家，上了锁。邻居告诉我老人家去世了，房子易主了。我下乡第二年，某日到团部去办事，忽听有人叫我。一转身，眼前竟是陈元元，他说他当上团部的电工班长了，我俩不禁拥抱了一下。后来我去团部，每到他那儿去蹭饭，而他每次见到我都很高兴。再后来，我们团的一部分知青调到了别的团，其中有他，我们就再也没见过了……

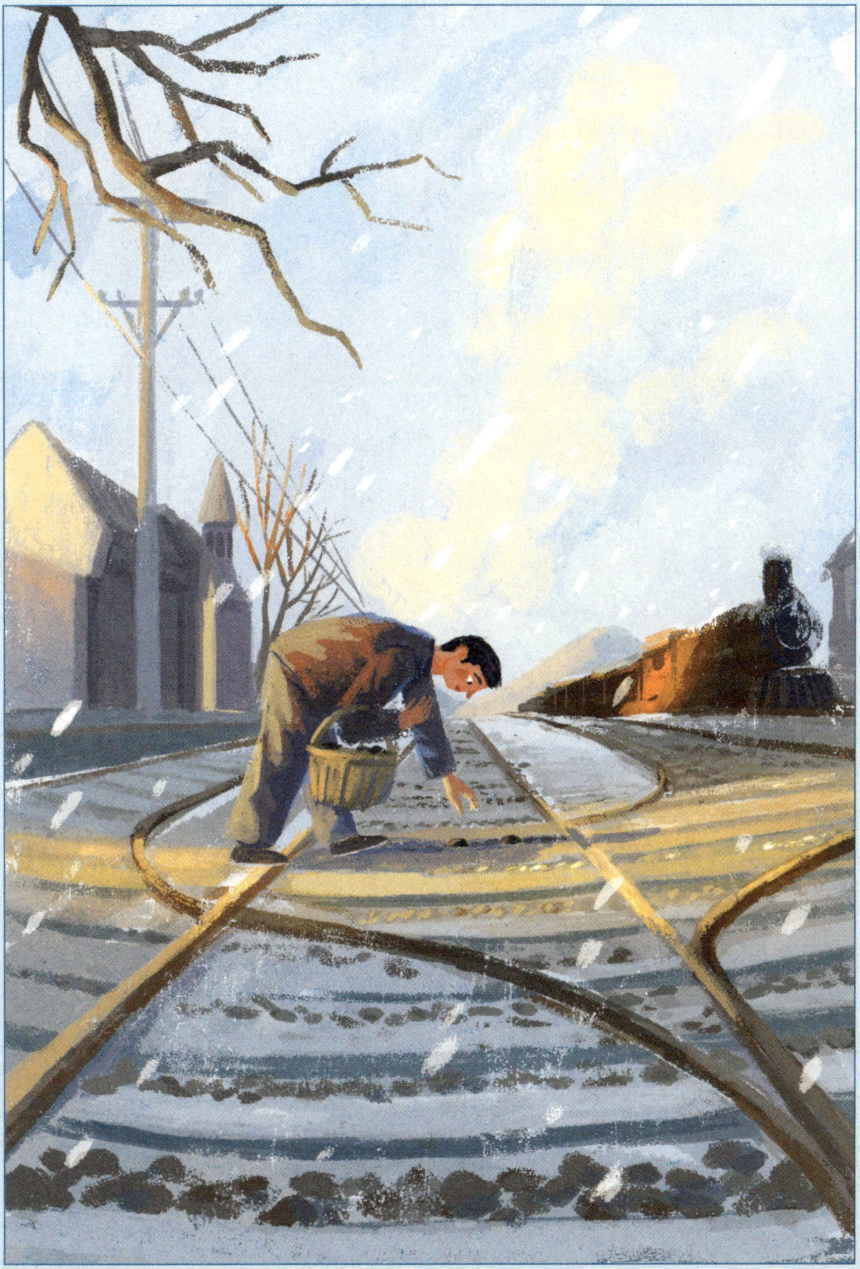

因为有了那些煤块,我家温暖了好多日子。

第三辑

种子的力量

我的班主任老师

我的班主任老师姓孙。

孙老师教我们那一年才二十三岁,刚结婚不久。

孙老师也是小个子女性,有一双人们所说的"明亮的大眼睛",这使她的脸五官分明,总是显得精精神神、朝气蓬勃的。或也可以说,她有一张漂亮的脸。她爱笑,笑起来就不怎么像中学老师了,更像邻家一位性格开朗的长姐了,实际上她的性格也特开朗。

她是农民的女儿,父亲是农民,母亲是普通农妇。或按当年的说法——父母都是"人民公社社员",都不识字。

孙老师毕业于牡丹江师范学院,而这一所学院在黑龙江省师范类院校中排名仅在"哈师大"之后——我的老师从农村考上了,并且成为该校她那一届学生中"品学兼优"的学生,足以证明她的聪慧。否则,是难以分配到哈尔滨市当中学老师的。

她的丈夫原是哈市某一体育项目的运动员，后来成为五十七中的体育老师，既有着运动员的健美身材，又有一张明星脸，属于美男子。

她成为我们的班主任老师时，尚未做母亲，住在她丈夫李老师分到的两间楼房中。那楼房临马路，原本一层，左是商店，右是医院。因太老旧了，拆除后盖成了两层，但一层仍是商店和医院。那里离市中心甚近，用今天的说法，属于"黄金地段"。她将父母从农村接到了哈市，与她和丈夫同住。李老师对岳父母很好。

孙老师也教数学，讲课能力也特强，很被学生肯定。她能将数学课讲得引人入胜，格外生动。

孙老师和王鸣岐老师，一位是我的班主任，一位曾是我哥哥的班主任，一位是教师新秀，一位是资深教师，而且都教数学，同在一间教研室，关系也处得极为良好。孙老师成为我的班主任不久，便到我家进行过家访。

老师家访时，学生都会回避，我也那样。在我家外屋，我偷听到了她与我母亲的对话。

我母亲说："我这当妈的知道，梁绍生的学习肯定不如他哥好，让老师费心了。"

孙老师说:"他也有他的优点。"

"是吗?他除了爱做家务,我还真不知道他另外有什么优点。"我听出我母亲挺诧异。

孙老师说:"有时候,他说话挺幽默的。"

我由于喜欢看书,往往便会说出一些"挺文学"的话来,有时只不过是说了文学书籍中的话,那是一名中学生"掉书袋"的表现,目的当然是炫耀自己比同学们看的书多。但我的同学们并不反感我那种表现,相反,都挺喜欢听我说那样的话。而我为了使同学们和我在一起时愉快指数高点儿,也常讲些从书中看到的有趣的情节和近于相声的对话给他们听。

听到老师"表扬"我幽默,我先是很开心,随之好心情又低落了。因为那一表扬,也等于间接附和了我母亲的话。

我听到我母亲叹了口气,语调幽幽地说:"谢谢老师还夸他,可那又算是什么优点呢?"

孙老师说:"也算优点,还是可爱的优点。他太偏科,语文成绩不错,我教的代数他也挺爱学,就是物理、化学、俄语这三科的成绩有些让我担心。这三科也是主科啊,不感兴趣也要学好啊,起码考试应在八十分以上啊……"

我没再偷听下去,悄悄溜出了家门。

从那一天起，在物理、化学、俄语三门课的课堂上，我再也不偷看小人书了。

不久，我做了一件使孙老师大为惊讶的事，也令全班同学分成了两派。

孙老师请美术老师画了五幅解放军烈士的彩色图画——有黄继光、董存瑞、邱少云等。画上的黄继光，呈现出一种跃身扑向敌人碉堡枪眼的英勇身姿——既然是奔跑过程中的一扑，那么烈士的身姿不可能不是前倾的，他的一条腿向后弯曲，正准备朝前大跨一步，小腿则完全被另一条腿挡住了。应该说，那是一幅感染力很强的好画。但我却偏对一幅好画看出了点儿"问题"——我觉得，无论如何，他的小腿不应完全被挡住，而应露出鞋子和一小截裤腿。我那么想想也没什么，偏偏还自作主张地进行补画——趁课间教室没人的那会儿工夫，用蜡笔添上了鞋子和一截裤腿。我的绘画水平不怎么样，画得又急，蜡笔与水彩的颜色不一致，总之我将一幅好画破坏了。

那事儿很快就被同学们发现，于是形成了一个"事件"，并且导致同学们之间发生争论。一派的观点认为，我的行为性质恶劣，起码是对烈士怀有不敬的表现。另一派则替我分辩，相信我肯定没有那种不良心理，动机是好的，只不过做法不对。

我们的美术老师也出现在我们班了,站在那幅画前看了一会儿,之后说自己是用放大尺严格按照比例从画刊上临摹下来的。

他将我召到身边,指着画说:"画家画人物是有角度的,以这位烈士的侧前方为视角。看一幅画也是有角度的,你站在正面看是一种印象,而你如果也站在与画家一样的侧前方看,那就能明白自己的做法多此一举了。"

我换了一个角度看了看,意识到自己的做法确实多此一举。美术老师没再说什么,也没对同学们的分歧表达个人态度。

他刚一走,孙老师出现了——接下来正是她要上的代数课。她看了看画,看了看我,皱起眉正想说什么,上课铃响了。她从没那么严肃地上过一堂课,四十五分钟里没朝我看一眼。同学们受到她的影响,都比以往坐得端正了,教室里的气氛异常严肃,仿佛不是一堂代数课,而是一堂"战备课"。

下课后,孙老师让同学们全都离开教室,只许我一名同学留下。她板着脸说:"到我跟前来。"

我低着头走到她跟前,主动说:"老师,我错了。"

她说:"你意识到自己错了固然好,但得明白,事情到了这种地步,我是必须向学校汇报的。"

我暗想这下可闯了大祸了,只得硬着头皮说:"明白。"

有同学告诉我,校领导让孙老师决定怎么处理。

孙老师首先教我应该如何向美术老师认错,她说:"美术老师是业余时间为咱们班画那一组画的,画了十几天才全部完成。一个人对于别人的劳动成果,缺乏起码的尊重态度是不好的。如果你认为哪里应该添几笔,正确的做法是首先向美术老师提出来,而不是擅自动笔,对不对?"

孙老师对我的教诲起了作用。我向美术老师认了错,美术老师原谅了我,还说会再为我们班补画一幅。

孙老师又给我机会,让我向全班同学做检讨。我也诚心诚意地那么做了。我做完检讨,孙老师竟表扬了我几句,肯定了我的检讨态度。

她说:"在人的一生中,许多事都有一个学习的过程——做了错事就坦率承认错误,这一点也是要学习的,希望同学们都记住。事情到此为止,谁都不要再抓住不放了。"

通过那件事,我感受到了孙老师对我的爱护。

我想自己也只能以再好一些的学习成绩来回报她的爱护。我更加努力地学习了。

种子的力量

播在"心地"里的一切种子,皆会发芽、生长。它们的生长皆会形成一种力量。那力量必如麦种隆起铺地砖一样,使我们"心地"不平,甚至,会像发芽的麦种鼓破木箱、发芽的豆子鼓裂缸体一样,使人心遭到破坏。

当然,种子在未接触到土壤的时候,是没有任何力量可言的。尤其,种子仅仅是一粒或几粒的时候,简直那么地渺小,那么地微不足道,那么地不起眼,谁会把一粒或几粒种子的有无当成一回事呢?

我们吃的粮食,诸如大米、小米、苞谷、高粱……皆属农作物的种子;桃和杏的核儿,是果树的种子;柳树的种子裹在柳絮里,榆树的种子夹在榆钱儿里;榛树的种子就是我们吃的榛子,松树的种子就是我们吃的松子……这都是常识。

据说,地球上的动物,光哺乳类动物大约四五千种之多。另外，仅蛇的种类就在两千种以上，鸟类一万余种，鱼类两万种以上，虫类是生物中最多的，草虫之类的原生虫类一万五千余种，毛虫之类四千余种，章鱼、墨鱼、文蛤等软体动物近十万种，虾和螃蟹等甲壳类节肢动物两万多种，而我们常见的蜘蛛竟也有三万余种，蝴蝶的种类同样惊人地多……

那么植物究竟有多少种呢？分纲别类地一统计，想必其数字之大，也是足以令我们咂舌的吧？想必，有多少类植物，就应该有多少类植物的种子吧？

而我见过，并且能说出的种子，才二十几种，比我能连绰号都说出的《水浒传》人物还少半数。

像许多人一样，我对种子发生兴趣，首先由于它们的奇妙。比如蒲公英的种子居然能乘"伞"飞行；比如某些植物的种子带刺，是为了避免被鸟儿吃光，使种类的延续受到影响；而某类披绒的种子，又是为了容易随风飘到更远处，占据新的"领地"……关于种子的许多奇妙特点，听植物学家们细细道来，肯定是非常有趣的。

我对种子发生兴趣的第二方面，是它们顽强的生命力。它们怎么就那么善于生存呢？被鸟啄食下去了，被食草类动物吞食下去了，经过鸟兽的消化系统，随粪排出，相当一部分种子，居然仍是种子。只要落地，只要与土壤接触，只要是在春季，它们就"抓住机遇"，克服种种条件的恶劣性，生长为这样或那样的植物。有时错过了春季它们也不沮丧，也不自暴自弃，而是本能地加快生长速度。争取到了秋季的时候，和别的许多种子一样，完成由一粒种子变成一株植物进而结出更多种子的"使命"。请想想吧，黄山那棵知名度极高的"迎客松"，已经在崖畔生长了多少年啊！当初，一粒松子怎么就落在那么险峻的地方了呢？自从它也能够结松子以后，黄山内又有多少松树会是它的"后代"呢？飞鸟会把它结下的松子最远衔到何处呢？

我家附近有小园林。前几天散步，偶然发现有一蔓豆角秧，像牵牛花似的缠在一棵松树上，秧蔓和叶子是完全地枯干了。我驻足数了数，共结了七枚豆角，豆荚儿也枯干了。我捏了捏，荚儿里的豆子，居然相当饱满。在晚秋黄昏时分的阳光下，豆角静止地垂悬着，仿佛在企盼着人去摘。

在一片有几十棵树的松林中，怎么竟会有这一蔓豆角秧完成了生长呢？

哦，倏忽间我想明白了——春季，在松林前边的几处地方，有农妇摆摊卖过粮豆……

为了验证我的联想，我摘下一枚豆角，剥开枯干的荚儿，果然有几颗带纹理的豆子呈现于我掌上。非是菜豆，正是粮豆啊！它们的纹理清晰而美观，使它们看上去如一颗颗带纹理的玉石。

那些农妇中有谁会想到，春季里掉落在她摊子附近的一颗粮豆，在这儿度过了由种子到植物的整整一生呢？是风将它吹刮来的？是鸟儿将它衔来的？是人的鞋在雨天将它和泥土一起带过来的？每一种可能都是前提。但前提的前提，乃因它毕竟是将会长成植物的种子啊！

我将七枚豆荚都剥开了，将一把玉石般的豆子用手绢包好，揣入衣兜。我决定将它们带回交给传达室的朱师傅，请他在来年的春季，将豆子种于我们宿舍楼前的绿化地中。既是饱满的种子，为什么不给它们一种更加良好的，确保它们能生长为植物的条件呢？

大约是一九八四年，我们十几位作家在北戴河开笔会。集体散步时，有人突然叫道："瞧，那是一株什么植物呀？"但见在一片蒿草中，有一株别样的植物，结下了几十颗红艳艳的圆溜溜的小豆子，红得是那么地抢眼，那么地赏心悦目，红得真真爱煞人啊！

有南方作家走近细看片刻，断定地说："是红豆！"

于是有诗人诗兴大发，吟"红豆生南国，春来发几枝"

之句。

南方的相思红豆，怎么会生长到北戴河来了呢？而且，孤单单的仅仅一株，还生长于一片蒿草之间。显然，不是人栽种的。也不太可能是什么鸟儿衔着由南方飞至北方带来并且自空中丢下的吧？

年龄虽长，创作思维却最为活跃浪漫的天津作家林希兄，以充满遐想意味的目光望着那艳艳的红豆良久，遂低头自语："真想为此株相思植物，写一篇纯情小说呢！"

众人皆促他立刻进入构思状态。

有一作家朋友欲采摘之，林希兄阻曰："不可。愿君勿采撷，留作相思种。数年后，也许此处竟生长出一片红豆，供人经过驻足观赏，岂非北戴河又一道风景？"

于是大家一同离开。林希兄边行边想，断断续续地虚构一则缠绵悱恻的爱情故事，直听得我等一行人肃静无声。可惜十几年后的今天，我已记不起来了，不能复述于此，亦不知他其后究竟写没写成一篇小说发表……

我是知青时，曾见过最为奇异的种子变成树木的事。某年扑灭山火后，我们一些知青徒步返连。正行间，一名知青指着一棵老松嚷道："怎么会那样！怎么会那样！"众人驻足看时，见一株枯死了的老松的秃枝，遒劲地托举着一个圆桌面大的巢，显然是鹰巢无疑。那老松生长在山崖上，那鹰巢中，居然生长着一株柳树，树干碗口般粗，三米余高。如发的柳丝，繁茂倒垂，形成帷盖，罩着鹰巢。想那巢中即或有些微土壤，又怎么能维持一棵碗口般粗的柳树的根的生长呢？众人再细看时，却见那柳树的根是裸露的——粗粗细细地从巢中破围而出，似数不清的指，牢牢抓住巢的四周，并且，延长下来，盘绕着枯死了的老松的干。柳树裸露的根，将柳树本身，将鹰巢，将老松，三位一体紧紧编结在一起，使那巢看上去非常安全，不怕风吹雨打……

一粒种子，怎么会到鹰巢里去呢？又怎么会长成碗口般粗的柳树呢？种子在巢中变成一棵嫩树苗后，老鹰和雏鹰，怎么竟没啄断它呢？

种子，它在大自然中创造了多么不可思议的现象啊！

我领教种子的力量，就是这以后的几件事。

第一件事是——大宿舍内的砖地，中央隆了起来，且在夏季里越隆越高。一天，我这名知青班长动员说："咱们把砖全都扒起，将砖下的地铲平后再铺上吧！"于是大家说干就干，砖扒起后发现，砖下嫩嫩的密密的，是生长着的麦芽！原来这老房子成为宿舍前，曾是麦种仓库。落在地上的种子，未被清扫便铺上了砖。对于每年收获几十万斤近百万斤麦子的人们，屋地的一层麦粒，谁会格外珍惜呢？而正是那一层小小的、不起眼的麦种，不但在砖下发芽生长，而且将我们天天踩在上面的砖一块块顶得高高隆起，比周围的砖高出半寸左右……

第二件事是——有位老职工回原籍探家，请我住到他家替他看家。那是在春季，刚下过几场雨。他家灶间漏雨，雨滴顺墙淌入了一口粗糙的木箱里。我知那木箱里只不过装了满满一箱喂鸡喂猪的麦子，殊不在意。十几天后的深夜，一声闷响，如土地雷爆炸，将我从梦中惊醒。我骇然地奔入灶间，但见那木箱被鼓散了几块板，箱盖也被鼓开，压在箱盖上的腌咸菜用的几块压缸石滚落到地上，膨胀并且发出了长芽的麦子泄出箱外，在地上铺了厚厚一层……

于是我始信老人们的经验说法——谁如果打算生一缸豆芽，其实只泡半缸豆子足矣。万勿盖了缸盖，并在盖上压石头。谁如果不信这经验，膨胀的豆子鼓裂谁家的缸，是必然的。

我们兵团大面积耕种的经验是——种子入土，三天内须用拖拉机拉着石碾碾一遍，叫"镇压"。未经"镇压"的麦种，长势不旺。

人心也可视为一片土。

因而有词叫"心地",或"心田"。

在这样那样的情况下,有这样那样的种子,或由我们自己,或由别人,一粒粒播种在我们的"心地"里了,可能是不经意间播下的,也可能是在我们自己非常清楚非常明白的情况下播下的。那种子可能是爱,也可能是恨;可能是善良的,也可能是憎恨的,甚至可能是邪恶的。比如强烈的贪婪和嫉妒,比如极端的自私和可怕的报复的种子……当然,这是指那些丑恶的甚至邪恶的种子。对于这样一些种子,"镇压"往往适得其反。因为它们一向比良好的种子在人心里的长势更旺。自我"镇压"等于促长。某人表面看上去并不恶,突然一日做下很恶的事,使我们闻听了呆若木鸡,往往便是由于自以为"镇压"得法,其实欺人欺己。

唯一行之有效的措施是,时时对于丑恶的、邪恶的种子怀有恐惧之心。因为人当明白,丑恶的、邪恶的种子一旦入了"心地",而不及时从"心地"间掘除,对于人心构成的危险是如癌细胞一样的。

首先,人自己不要往"心地"里种下坏的种子;其次,别人如果将一粒坏的种子播在我们心里了,那我们就得赶紧操起我们理性的锄头……

"人之性如水焉,置之圆则圆,置之方则方。"古人在理之言也。

人类测试出了真空的力量。

人类也测试出了蒸汽的动力。

并且，两种力都被人类所利用着。

可是，有谁测试过小小的种子生长的力量呢？

什么样的一架显微镜，才能最真实地摄下好的种子或坏的种子在我们"心地"间生长的速度与过程呢？

没有之前，唯靠我们自己理性的显微镜倍数去发现……

读是一种幸福

　　读书——不,更准确地说,所谓"读"这一种习惯,对我已不啻是一种幸福。这幸福就在日子里,在每一天的宁静时光里。不消说,人拥有宁静的时光,这本身便是幸福。而宁静的时光因阅读会显得尤其美好。

　　我的宁静之享受,常在临睡前,或在旅途中。每天上床之后,枕旁无书,我便睡不着,肯定失眠。外出远足,什么都可能忘带,但书是不会忘带的。书是一个囊括一切的大概念。我最经常看的是人物传记、散文、随笔、杂文、文言小说之类。《读书》《随笔》《读者》《人物》《世界博览》《奥秘》都是我喜爱的刊物,是我的人生之友。前不久,友人开始寄给我《现代世界警察》,看了几期,也喜爱起来。还有就是目前各大报的"星期刊""周末版"或副刊。

　　要了解我所生活的城市,大而至于我们这个国家,我们

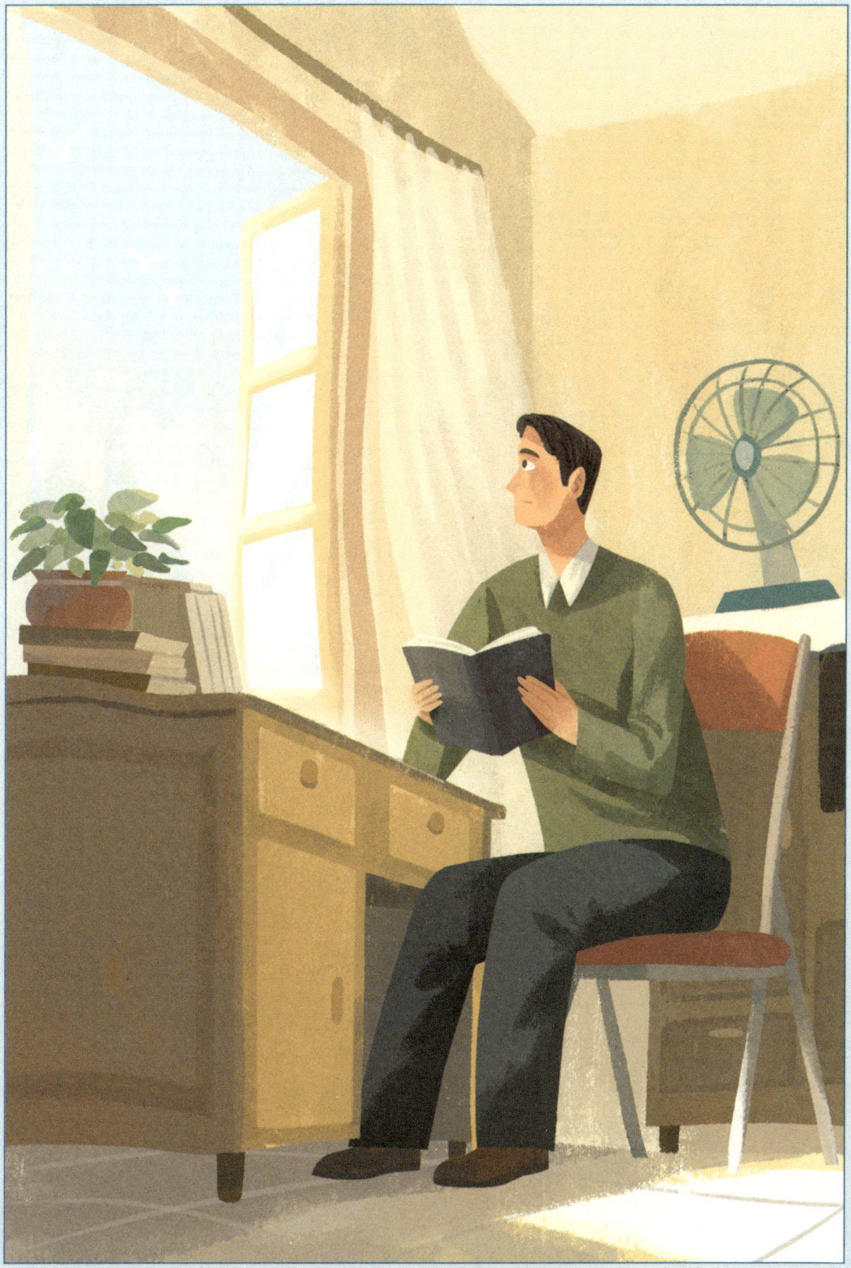

读书——不,更准确地说,所谓"读"这一种习惯,对我已不啻是一种幸福。

这个地球，每天正发生着什么事，将要发生什么事，仅凭晚上看电视里的"新闻"，自然是远远不够的。"秀才不出门，便知天下事"，是所谓"秀才"聊以自慰自夸的话，或者是别人对"秀才"们的揶揄。不过在现代社会里，传播媒介如此之丰富，手段如此之发达，对于当代人来说，不出门而大致地知道一些"天下事"，也是做得到的。

知道了又怎样？

知道了会丰富我对世界的认识。而这种认识，于我——一个以写作为职业的人来说，则是相当重要的。妄谈对世界的认识，似乎口气太大了，那么就说对周遭生活的认识吧。正是通过阅读，我感觉到周遭生活之波有时汹涌澎湃，有时潜流涌动，有时微波荡漾……

当然，这只是阅读带给我的一方面的兴致。另一方面，通过阅读，我认识了许许多多的人。仿佛每天都有新朋友。我敬爱他们，甘愿以他们为人生的榜样。同时也仿佛看清了许多"敌人"，人类的一切公敌——人类自身派生出来的到自然环境中对人类起恶性影响的事物，我都视为敌人。这一点使我经常感到，爱憎分明于人是多么重要的品质。

创作之余，笔滞之时，我会认真地读一会儿文学期刊。若读的正是一篇佳作，我便会一口气读完，不管作者认识与否，都会产生读了一篇佳作的满足感。倘是作家朋友们写的，是生活在同一座城市的人，又常忍不住拨电话，将自己读后的满足，传达给对方。这与其说是分享对方的喜悦，莫如说是希望对方分享我的喜悦。倘作者是外地的，我还常会忍不住给人家写一封信去。

读，实在是一种幸福。

最后我想说，与我的中学时代相比，现在的中学生，似乎太被学业所压迫了。我的中学时代，是苦于无书可读。买书是买不起的，尽管那时书价比现在便宜得多。几个同学凑了七八分钱，到小人书铺去看小人书。这是永远值得回忆的往事了。现在的中学生们，可看的太多了，却又陷入选择的迷惘，并且失去了本该拥有的时间。

生活也真是太苛刻了！

心灵的花园

谁不希望拥有一个小小花园?哪怕是一丈之地呢!若有,当代人定会以木栅围起。那木栅,我想也定会以各人的条件和意愿,架设得尽可能地美观。然后在春季撒下花种,或者移栽花秧。于是,企盼着自己喜爱的花儿,日日地生长、吐蕾,在夏季里姹紫嫣红开成一片。虽在秋季里凋零却并不忧伤,仔细收下了花籽儿,待来年再种,相信花儿能开得更美……

真的,谁不曾怀有过这样的梦想呢?

都市寸土千金,地价炒得越来越高,今后将更高。拥有一个小小花园的希望,对寻常之辈不啻是一种奢望、一种梦想。

我想,其实谁都有一个小小花园,谁都是有苗圃之地的,这便是我们的内心世界。人的智力需要开发,人的内心世界也是需要开发的。人和动物的区别，除了众所周知的诸多方面，恐怕还在于人有内心世界。心不过是人的一个重要脏器，而内心世界是一种景观，它是由外部世界不断地作用于内心渐渐形成的。每个人都无比关注自己及至亲至爱之人心脏的健康，以至于稍有微疾便惶惶不可终日。但并非每个人都关注自己及至亲至爱之人的内心世界的阴晴，己所无视，遑论他人？

我常"侍弄"我心灵的苗圃。身已不健，心倘冗秒，又岂能活得好些？职业的缘故，使我习惯对自己和他人的心灵予以研究。结论是：心灵，亦即我所言的内心世界，是与人的身体健康同样重要的。故保健专家和学者们开口必言的一句话，不仅仅是"身体健康"，而是"身心健康"。

我爱我的儿子梁爽。他小学五年级了，这正是一个人的内心世界开始形成的年龄。我也常教他学会如何"侍弄"他那小小心灵的苗圃。"侍弄"这个词，用在此处是很勉强的，不那么贴切，姑借用之吧！意思无非是：人自己的内心世界如果自己惰于拂拭，是会浮尘厚积、杂草丛生的……

一次儿子放学回到家里，进屋就说："爸爸，今天××同学的红领巾被老师收去了！"

我问："为什么？"

儿子回答："犯错误了呗！把老师气坏了！"

那同学是他好朋友，但却有些日子不到家里来玩儿了。我依稀记得听他讲过，似乎老师要在他们两者之间选拔一名班干部。

我又问："你高兴？"

他怔怔地瞪着我。

我将他召至跟前，推心置腹地问："跟爸爸说实话，你是不是因此而高兴？"

他便诚实地回答："有点儿。"

我说："你学过一个词，叫'幸灾乐祸'，你能正确解释这个词吗？"

他说："别人遭到灾祸时自己心里高兴。"

我说："对。当然，红领巾被老师收去了，还算不得什么灾。但是，你心里已有了这种'幸灾乐祸'的根苗，那么你哪一天听说他生病了，住院了，甚至生命有危险了，说不定你内心里也会暗暗地高兴。"

儿子的目光告诉我，他不相信自己会那样。

我又说："为什么他的红领巾被老师收去了，你会高兴呢？让爸爸替你分析分析，你想一想对不对？如果你们老师并不打算在你们两个之间选拔一名班干部，你倒未必幸灾乐祸。如果你心里清楚，老师最终选拔的肯定是你，你也未必幸灾乐祸。你所以幸灾乐祸，是因为自己感到，他和你被选拔的可能性是相等的，甚至他被选拔的可能性更大些。于是你才因为他犯了错误，惹老师生气了而高兴。你觉得，这么一来，他被选拔的可能性缩小了，你自己被选拔的可能性就增大了。你内心里这一种幸灾乐祸的想法，完全是由嫉妒产生的。你看，嫉妒心理多丑恶呀，它竟使人对朋友也幸灾乐祸！"

儿子低下了头。

我接着说："如果他并没犯错误，而老师最终选拔他当了班干部，你现在的幸灾乐祸，就可能变成一种内心里的愤恨了。那就叫嫉妒的愤恨。人心里一旦怀有这种嫉妒的愤恨，就会进一步干出不计后果、危害别人、危害社会的事，最后就只有自食恶果。一切怀有嫉妒的愤恨的人，最终只有那样一个下场……"

接着我给他讲了两件事——有两个女孩儿，她们原本是好朋友，又都是从小学芭蕾的。一次，老师要从她们两个之间选一个主角。其中一个，认为肯定是自己，应该是自己，可老师偏偏选了另一个。于是，她就在演出的头一天晚上，将她好朋友的舞裙，剪成了一片片。而另外两个女孩儿，是一对小杂技演员。一个是"尖子",也就是被托举起来的。另一个是"底座",也就是将对方托举起来的。她们的演出几乎场场获得热烈的掌声。可那个"底座",不知为什么,内心里怀上了嫉妒,总是莫名其妙地觉得,掌声是为"尖子"一个人鼓的,她觉得不公平。日复一日地,那一种暗暗的嫉妒,就变成了嫉妒的愤恨,她总是盼望着她的"尖子"出点儿什么不幸才好。终于有一天,她故意失手,制造了一场不幸,使她的"尖子"在演出时当场摔成重伤……

最后我对儿子讲,如果那两个因嫉妒而干伤害别人之事的女孩儿,不是女孩儿而是大人,那么她们的行为就是犯罪了……

儿子问:"大人也嫉妒吗?"

我说大人尤其爱嫉妒,一旦嫉妒起来尤其厉害,甚至会因嫉妒人而放手干种种坏事……

我说凡那样的大人,皆因从小的时候开始,就让嫉妒这颗种子,在心灵里深深扎了根。他们的内心世界,不是花园,不是苗圃,而是荆棘密布的乱石岗……

儿子问:"爸爸你也嫉妒过吗?"

我说我当然也嫉妒过,直到现在还时常嫉妒比自己幸运,在某方面比自己优越,比自己强的人。我说人嫉妒人是没有办法的事。从伟大的人到普通的人，都有嫉妒之心。没产生过嫉妒心的人是根本没有的。

儿子问："那怎么办呢？"

我说："第一，要明白嫉妒是丑恶的。嫉妒和羡慕还不一样。羡慕一般不产生危害性，而嫉妒是对他人和社会具有危害性的。第二，要明白，不可能一切所谓好事、好的机会，都会理所当然地降临在你头上，当降临在别人头上时，你应对自己说，我的机会和幸运可能在下一次。而且，有些事情并不重要。比如对于一个小学生来说，当不当得上班干部，并不说明什么，努力学习，才是首要的……"

儿子虽然只有十一岁，但我经常同他谈心灵，不是什么谈心，而是谈心灵问题。谈嫉妒，谈仇恨，谈自卑，谈虚荣，谈善良，谈友情，谈正直，谈宽容……

不要以为那都是些大人们的话题，十一岁的孩子能懂这些方面的道理了，该懂了。而且，从我儿子身上看，我认为，他也很希望懂。我认为，这一切和人的内心世界有关的现象，将来必和一个人的幸福与否有关。我愿我的儿子将来幸福，所以我提前告诉他这些……

邻居们都很喜欢我的儿子，认为他是个"懂事"的好孩子。同学们跟他也都很友好，觉得和他在一起高兴、愉快。

我因此而高兴、愉快。

我知道,一个心灵的小花园,被"侍弄"得开始美好起来了……

怀念赵大爷

"赵大爷不在了……"

妻下班一进家门,戚戚地说。

我不禁一怔:"调走了,还是不干了?"

"去世了……"

我愕然,顿时想到了宿舍区传达室门外贴的那张讣告——赵德喜同志因病医治无效,于四月十四日晚去世,终年六十岁。行文简短得不能再简短……

那天,我看见了讣告,可我怎么也没想到赵德喜是赵大爷。此前我不知他的名字。当时我驻足讣告前,心想赵德喜是谁呢?我怎么不认识呢?

我许久说不出话,一阵悲伤袭上心头。

以后的几天里,我的心情总是好不起来……

赵大爷是我们儿童电影制片厂的勤杂工,也是长期临时工。一个一辈子没结过婚的单身汉,一个一辈子没有过家的人,只在农村有一个弟弟……

一九八八年年底,我刚调到童影,接到女作家严亭亭的信,信中嘱我一定替她问赵大爷好。她在童影修改过剧本,赵大爷给她留下了非常善良的印象。

童影的人不分男女老少,都称他赵大爷,我自然也一向称他赵大爷。那时我的父亲还在世,有次我和他打招呼,他挺郑重地对我说:"可不兴这么叫了,你老父亲比我大二十来岁,在老人家面前我算晚辈呢!"我说:"那我该怎么称呼你啊?"他说:"就叫我老赵吧!"我说:"那你以后也不许叫我梁老师了。"他说:"那我又该怎么称呼你啊?"我说:"叫我小梁吧。"

过后他仍称我"梁老师",而我仍称他"赵大爷"……

儿子有次写作文,题目是《我最尊敬的一个人》。

儿子问我:"爸,谁值得我尊敬呢?"

我说:"怎么能没有值得你尊敬的人呢?你好好想!"儿子想了半天,终于说:"赵大爷!"我问为什么?儿子说,赵大爷对工作最认真负责了,一年四季,每天早早起来,把咱们周围的环境打扫得干干净净。每年开春,赵大爷总给院里院外的月季花修枝、浇水。每年元旦、春节,人们晚上只管放鞭炮开心，而第二天一清早，赵大爷一个人默默地扫尽遍地纸屑。赵大爷总在为我们干活儿……

儿子那篇作文得了优。记得我曾想将儿子的作文给赵大爷看，为的是使他获得一份小小的愉悦，使他知道，一位像他那样默默地为大家尽职尽责服务的人，人们心里是会感激他的。起码，一个孩子在父亲的启发下，明白了他便是一个值得尊敬的人。可是后来我没有这么做。不是想法改变了，而是忘了。现在我好后悔，赵大爷是该得到那样一份小小的愉悦的，在他生前。

赵大爷无疑是穷人中的一个。五年多以来，我从未见他穿过一件哪怕稍微新一点儿的衣服。我给过他一些衣服，棉的、单的、毛的，却不曾见他穿。想必是自己舍不得穿，捎回农村去了吧？他不但负责清除宿舍楼七个门洞的垃圾，还要负责清除厂里的垃圾。他干的活儿不少，并且是要天天干的。哪一天不干，宿舍区和厂区的环境都会大不一样。据我所知，他每月只拿一百五十元。在今天，愿意每月只拿一百五十元，干他天天必干的那种脏活儿，而且干得认真负责、任劳任怨的人，恐怕是太难找了！

干完他应该干的活儿，他还经常帮人修自行车。他极愿帮助别人。据我所知，他大概是个完全没有文化的人。然而在我看来，他又是一个极其文明的人，一个极其文明的穷人。我从未见他跟谁吵过架，甚至从未见他和谁大声嚷嚷过。一些所谓有知识有文化的文明人，包括我这样的，心理稍不平衡，则咒骂冲口而出，我却从未听到赵大爷口中吐过一个脏字。我完全相信，在别人高消费的比照下，穷是足以使人心灵晦暗的。然而在我看来，赵大爷的心灵是极其明澈的，似乎从没滋生过什么嫉恨或憎妒。他日复一日默默干他那份活儿，月复一月挣他那一百五十元钱，从不窥测别人的生活，从不议论别人的日子。他从垃圾里捡出瓶子、罐头盒、纸箱、破鞋之类，积聚多了就卖，所得是他唯一的额外收入……

这使我养成了习惯，旧报废书，替他积聚。就在他去世的前一天，我心里还想，又够卖点儿钱了，该拎给赵大爷了……

每逢年节，我都想着他，送包月饼、一盘饺子、一条鱼、一些水果什么的……

赵大爷，我心里是很尊敬你的啊！你穷，可是你善；你没文化，可是你文明；你虽与任何名利无缘，可是你那么地敬业，敬业于自己扫院子、清除垃圾那一份脏活儿……

你就那么默默地去了，使我直觉得欠下了你许多似的……

　　好人赵大爷，穷人赵大爷，文明而善良的赵大爷，干脏活儿而内心干净的赵大爷，穿破旧的衣服而受我及一家人敬爱的赵大爷，我们一家和在传达室每日与你相处的老阿姨，将长长久久地缅怀你……

茶村印象

一阵雄鸡的啼叫将我唤醒了——只不过是醒了,却未睁开眼睛。我以为自己仍在睡梦之中。

我躺在四川蒙山地区一个茶村里的一户茶农家的床上。那是一张很旧的、结构早已松动了的床,显然是由乡村木匠做成的。少说也该用了三四十年了。在床的对面,并排放着三只木箱,看上去所用的年头比那张床还要长久。木箱上是一床棉絮和几摞旧衣服。

这个蒙山地区的茶村,乃是友人的家乡。

我是打算为自己寻找一处远避都市浮躁和喧嚣的家园而来到此地的,并且已在我朋友的家园——确切地说,是在他哥哥嫂子的家里住了三天了。我朋友的老母亲和他的哥哥嫂嫂生活在一起。

朋友没骗我,这个茶村,果然是我喜欢的地方。此地海拔千余米，四周环山，皆小峦，植被茂盛葱茏。不至山前，难见寸土。那绿，真是绿得养眼！又因此地多雨，且多于夜降，晓即停，昼则晴。故那绿，几乎日日如洗，新翠欲滴。我已钻入过近处的山，是的，植被厚密得非钻而不能入。小径还是有的，是茶农们砍竹砍树踩出来的。然而最长的小径，也仅到半山腰而已。估计在山顶上，连茶农们的足迹也是没太留下过的。

该茶村虽也是村，但和北方以及中原地区的村的概念大相径庭，家宅极为疏散。茶村被一条路况较好的水泥路劈成两部分，而每一部分，又要相邻的两三户人家为一个小的居住单元。这样的一些小的居住单元，东一处西一处，或建在路边，或建在山脚，其间是他们连成一片的茶地。

茶农较之于中原及北方地区种庄稼的农民，其收入毫无疑问是有了极大提高的。首先是茶树不至于使他们的汗水白流，更不会使他们年底亏损。而且，每天采下来的茶，都可以到几里地以外的收茶站卖掉，转身回家时兜里已揣着钱了。茶农好比是采茶工人，不是按月开工资，而是每天开工资。钱多钱少，由茶的质量和数量而定。若谁觉得自己今天兜里揣回家的钱太少了，那么就只有要求自己明天早起点儿，手快点儿了。

清明当月的原茶价格最贵，每斤当日采下的茶尖傍晚可卖到三十元，甚至三十五元。据说，有的采茶能手，一天可采六七斤。而有的人家三四口人全体出动，几乎终日不歇的话，每天竟可采够三十几斤，日收入近千元，或千余元。采茶能手不再是采茶姑娘。此村计划生育工作实行得很好，以三口之家最为普遍，而且下一代又确实多为姑娘。但清明当月，茶农们的大小姑娘，都在学校里上学，采茶之事不太能指望得上她们。她们的父母也都不愿为了多挣些钱而影响她们的学习，所以如今村里的采茶能手，反而尽是姑娘们的中青年父母了。四十五岁以上的人也根本不能成为采茶能手了，因为采茶是一件需要好眼力的事情。我曾帮友人七十四岁的老母亲采茶。茶尖老人家已经是采不了了，我的眼力也不行。我帮老人家采大叶子茶。大叶子原茶最便宜，每斤才七角几分钱。我帮老人家采了两个多小时，估计才采了二两多一点儿，以钱而论，只不过挣了一角几分钱，还不够买半个馒头。但我已是汗流浃背，头晕目眩，颈僵而又臂酸了。我只得请老人家原谅，讪讪地逃离茶地，回到她家，替主人们打扫房前屋后的卫生去了。

　　清明当月，有那心疼父母辛苦的小儿女，也会同父母一起四五点钟便起床离家。那时天刚亮，但是已能看得清新绿的茶尖了。小儿女们帮父母采两三个小时茶尖，然后赶回家匆匆吃口饭，再急急忙忙地去上学。那两三个小时内，采得快的小儿女，也是能帮家里挣五六元钱的。茶农们一年的收入假如是一万元的话，清明当月所挣的钱，至少在三四千元。清明当月，对于茶农，是黄金月，也是他们的感恩月。在那一个月里，白天家家户户几乎无人。但凡能劳作的家庭成员，都会争先恐后地终日忙碌在茶地里，都会要求自己在挣钱的黄金月里为增加家庭收入而流汗、出力。

茶树是这样的一种植物，在适宜其生长的土地上，在多雨的亚热带气候条件下，在湿度较大的环山区域，人越是勤快地采摘，它的新芽也便一茬接一茬高兴地奉献不停。仿佛人采它，恰恰体现着对它的爱心。仿佛它是一种极其渴望被爱的植物，而不停地长出新芽是它对茶农的报答。

清明当月，又可以说是一个累死茶农无人偿命的月份。

在那一个月里，从天刚一亮到天黑为止，茶地里远远近近尽是茶农们悄无声息的身影。他们迈进家门只不过为了喝口水或吃口饭。

那一个月里，茶农们全都变得话少了，累的。即使一家人，能不说话就明白的意思，相互之间也都懒得开口说话了。卖茶回来，他们往往倒头便睡。在梦里，也往往还采茶不止呢!

过了清明,茶价一路下跌,即使茶尖,也由三十几元一斤变成二十几元一斤再成十六七元一斤了……

我住在茶村的这几天,每斤茶尖已降至十四元了,而大叶子茶,已降到六角一斤了。幸而这几天夜里阵雨颇多,拂晓则晴,茶叶的长势,仍很喜人。茶农们,也就仍像清明当月那样早出晚归,被鞭赶着似的勤采不止。无论原茶价格已多么便宜,采,当日便多多少少有些收入,不采,便一分钱的收入也没有。在他们眼里,一畦茶秧所新生出来的,分明是一枚枚的钱币啊!白天,我已经难得见我友人的哥嫂和老母亲一面了,只有在晚饭桌上,我才有机会和他们说上几句话。白天,我等于是他们家的看家人,也是整个茶村唯一的一个悠闲的男人。从七月份到年底,他们大约还是闲不下来的。只有冬季的两三个月,他们劳累的身体才得以歇养一段时日,而那也正是茶秧"冬眠",不再发芽长叶的季节。昨天,老妈妈在晚饭桌上告诉我,她和儿子儿媳三人,一天采了十三四个小时,共卖得三十五元多。她儿子用那笔钱,为我买回了一只十来斤重的大公鸡,而今天晚上一定要炖给我吃。老妈妈说得很高兴,仿佛用她和儿子儿媳十三四个小时的辛勤劳动为我换回一只鸡,是特别有理由高兴的事。但是她后来吃着吃着就打起了瞌睡，饭碗也差点儿失手掉了……

我正是被那一只单独关在笼中的大公鸡啼醒的。

我站在二楼的廊上，看了一下时间，才六点多一点。我眼前，远远近近，尽是茶农们的身影。茶农们采茶那一种劳动，决然是悄无声息的劳动。

二楼的一张桌子上，铺了块塑料布，而塑料布上，已摊着不知是谁采回的一些茶芽了，大约有二斤。我情不自禁地将那些茶分成了两份；接着又将其中的一份分成了十等份。我再数其中的一小份，共二百九十几枚新芽。那一小份约一两，时价一元四角钱。那一元四角钱，要由近三百次采放的动作才能挣到……

友人其时打来了电话，问这茶村是否符合我的"家园"理想？

我嗫嚅着不知如何回答，放下电话竟想到了民间对我们文人惯常所讥的一个词，那就是——酸臭。

这一天主人们回来得较早，因为要为我炖鸡。

老妈妈又采了满满一大背篓大叶子茶，一进门就让我帮她称一称——十二斤多，值七元多钱。

七十四岁的老妈妈于是欣慰地笑了，紧接着她背起茶篓就去卖。我要替她去卖，她拒绝了。她说卖茶是她一天中最高兴的事。我陪她出门,七十四岁的老妈妈又对我说:"儿有女有,不如自己有。万一我哪一天病了呢?我要趁现在还能采,抓紧时间为自己挣下点儿医药费,免得到时候完全成了儿女的负担。"

望着老妈妈佝偻着身子背着大背篓渐行渐远,我心亦敬亦悲……

回到屋里,我将所带的几千元钱,悄悄掖在老妈妈的褥子下。我想,我的老母亲已去世了,就算友人的这一位七十四岁的老妈妈是我的一位干妈吧,那么我的做法岂不是很自然吗?

我又想,我们中国人,其实都该算是神农氏的后人。全人类的财富,最初都是由土地所得的。只不过在21世纪的今天,在中国,还有一位七十四岁的老人家,如此这般接近本能地辛劳着,令人难免会产生一种古代感。而她的身上,在我看来,还似乎有着一种超农的神性。那神性使我这种到处寻找所谓"精神家园"的人反而显出了精神的猥琐……